岩波文庫
32-217-2

対　訳

ブレイク詩集

——イギリス詩人選(4)——

松島正一編

岩波書店

まえがき

　ウィリアム・ブレイクは、ワーズワス、コウルリッジらとともにイギリス・ロマン派の詩人として知られているが、彼は生存中は詩人としては認められず、一介の彫版師として生活した。

　ロマン派の詩人は従来あった想像力という言葉に新鮮で積極的な価値を認めた人たちであるが、ブレイクが他のロマン派の詩人と大きく異なる点がある。「ロンドン」という詩が証明しているように、職人として生きた彼の想像力は社会の現実に根ざし、その視線は下から世界を見ていた。

　ブレイクの彩飾印刷による詩集は、詩と挿絵とが一体になって彼のヴィジョンを伝えてくれる。ヴィジョンを見る人であった彼は、黙示録的で預言者的な見者(seer)であった。初期の美しい抒情詩から後期の深遠な「預言書」にいたる道筋は、詩人であり続けることが人間の思想をどう成長・発展させ、人間を大きくしていくかをわれわれに教えてくれる。

　このたび、岩波文庫編集部の勧めで『対訳 ブレイク詩集』を編集・作成することになった。収める詩の分量は原詩で1700-1800行程度という制限のもと作品を選ぶこととなった。まず最初に「虎」などよく知られた詩が入っている『無垢と経験の歌』は全作品(約870行)を収録することにした。また『天国と地獄の結婚』も有名な作品で、特に「地獄の格言」は後世の人々にしばしば引用され、芥川龍之介の『侏儒(しゅじゅ)の言

葉』にも影響を与えたほどである。全部収録したいところだが、冒頭の「序の歌」以外はすべて散文なので、「序の歌」(全 22 行) と 70 から成る「地獄の格言」のみの収録になった。

　ブレイクは、『無垢と経験の歌』を制作していた頃、同時に『ティリエル』『セルの書』『アルビヨンの娘たちの幻覚』という一連の作品をも執筆していた。これらはブレイクの個人的な神話を伝える一種の幻想詩である。ブレイクはこれらを三部作として構成しようと思っていたふしがある。『ティリエル』では理性の悲劇、『セルの書』では意志の悲劇、『アルビヨンの娘たちの幻覚』では感情の悲劇を描こうとした、とノースロップ・フライなどは考えている。結局、『ティリエル』はこの作品のために 12 枚の水彩画が描かれたにもかかわらず、彫版はされず、原稿のままで残されることとなった。これら三つの中から『ティリエル』は除き、『セルの書』(全 125 行) と『アルビヨンの娘たちの幻覚』(全 218 行) を収録することにした。前者の主人公は処女セル、後者はウースーンであり、この 2 作品は「無垢から経験へ」というブレイクの重要なテーマを扱っている。

　ブレイクの全作品を大きく分けると、初期の抒情詩、前期預言書、後期預言書になる。前期預言書は政治 (= 革命) をテーマとするものと、「創造」と「堕落」をテーマとするものに二分されるが、どちらを省くか思案の末、結局、両方とも省くことにした。しかし、『セルの書』『アルビヨンの娘たちの幻覚』を収録したので、「預言書」の雰囲気も少しは知ってもらえるであろう。後期預言書の『ミルトン』は約 2500 行、『エルサレム』は約 5000 行の大作で、原文も難解である。一

部分を収録することも考えたが、この壮大なテーマを理解するには全部を読むことが大切だと考え、今回は省略せざるをえなかった。

残りはブレイクの処女詩集『詩的素描』から比較的やさしくて美しい詩を15篇、また『ピカリング稿本』からは大江健三郎氏の短篇「「罪のゆるし」の青草」にも影響を与えた「精神の旅人」を含めて、4篇を採用した。

従来、ブレイク研究者の間で、ブレイクのテキストとして最も信頼されてきたのはアードマン編のものである。しかし本書はアードマン版ではなく、アードマンより新しいテイト・ギャラリー版を底本とした。ただし、彩飾本ではない『詩的素描』と『ピカリング稿本』はテイト版には収録されていないので、『詩的素描』はレプリカ版を、『ピカリング稿本』はケインズのオクスフォード版にならった。

さて、ブレイクのテキストには様々な問題がある。まず、句読点に関しては、句読点の不在、あるいは句読点の位置のあいまいさという問題がある。句読点の位置をどこに定めるかによって、テキストの読み方が変わってくる。また、どこで文章を区切って意味をとるかによって詩の解釈も異なることがある。

ブレイクのテキストにはアポストロフィが付いていないことが多いので読者を迷わす。たとえば、boysとあっても、所有格の符号がない(boy'sあるいはboys')のか、それとも単に複数形(boys)なのか、これは文脈から判断しなければならない。また、Appear'dとあるべきところをAppeardとする(Appearedとなっていることもある)。

さらに、綴りの問題がある。たとえば、ブレイクは Tyger としているのに、現代風に Tiger と変えてしまうのは適切であろうか。Tiger としてしまうと、ブレイクが Tyger で「虎」に託した意図とは違ってしまうのではないか。Lily を Lilly と子音を重ねるのもブレイクの意図と考えていいだろう。

ブレイクの時代は大文字と小文字の区別が現代の表記法ほど一定していないので、現代のわれわれからすると、小文字であるべき所が大文字であったりすること(その逆もある)が多い。綴りも一定していないので、receive とあるべきものが recieve(他にも seize → sieze, deceive → decieve など)と記され、s と z との区別もあいまいである(tease → teaze など)。

引用符の問題もある。テキストの会話と地の文を区別する引用符(" ")がほとんど使用されない。引用符のない部分に引用符を付けることがよいのか。これもまた問題である。ブレイクの彩飾本テキストは活字と挿絵が一体となったものであるから、引用符がないところに、それを入れることはブレイクのテキストに対する冒瀆になるだろう。

本書は対訳詩集であるゆえ、英文と日本語訳との対応が求められる。そこで本テキストは原本を最大限尊重しながら、読者の理解が進むように編者が適宜手を加えた英文テキストとなった。アポストロフィは原則として付けた。また、日本語訳にだけ引用符を入れた場合も多い。

日本語訳は正確さを第一としたが、訳文だけで原詩が理解できるようにも努めたつもりである。脚注は語義、語法を主としたが、紙幅に余裕のある限り詩人の思想や社会的背景の

説明などにも触れた。

　脚注を付けるにあたっては、手に入る限り内外の多数の注釈本を参照したが、とりわけ日本におけるブレイク研究の先駆者である山宮　允（さんぐうまこと）氏の編に成る、『*Select Poems of William Blake*』（研究社英文学叢書42、1925年〔『*Blake's Poems*』研究社英米文学叢書61として1948年に再刊〕）には大変お世話になった。今から80年近くも昔の仕事であるが、山宮氏のブレイクにかける情熱、またその業績には頭が下がる思いである。ここに記して感謝の意を表したいと思う。

　　2004年5月　　　　　　　　　　　　　　編　者

〈底本〉

Bindman, David (general editor), *William Blake's Illuminated Books*, 6 vols., Tate Gallery, 1991-1995.

Erdman, David (ed.) and Harold Bloom, commentary, *The Complete Poetry and Prose of William Blake*, University of California, 1965 ; rev. 1982.

Keynes, Geoffrey (ed.), *Blake : Complete Writings*, Oxford, 1957 ; 1974.

(The Noel Douglas Replica) *William Blake : Poetical Sketches*, Noel Douglas, 1926.

〈参考文献〉（本書の脚注に掲げた参考文献の人名はこれによる）

Adams, Hazard (ed.), *William Blake : Jerusalem*.

Selected Poems and Prose, Holt, Rinehart and Winston, 1970.

Bateson, F. W. (ed.), *Selected Poems of William Blake*, Heineman, 1957 ; rpt. 1963.

Bentley, G. E., Jr. (ed.), *William Blake's Writings*, 2 vols., Oxford, 1978.

Erdman, David (ed.), *The Illuminated Blake*, Anchor Books, 1975.

——, *The Notebook of William Blake*, Oxford, 1973.

Fuller, David (ed.), *William Blake : Selected Poetry and Prose,* Longman, 2000.

Grant, John and Mary Lynn Johnson, *Blake's Poetry and Designs*, Norton, 1979.

Kennedy, R. B. (ed.), *William Blake : Songs of Innocence and of Experience, and Other Works*, Collins, 1970.

Keynes, Geoffrey (ed.), *Songs of Innocence and of Experience*, Rupert Hart-Davis, 1969.

Mason, Michael (ed.), *William Blake.* The Oxford Authors, Oxford, 1988.

Ostriker, Alicia (ed.), *William Blake : The Complete Poems*, Penguin Books, 1977.

Sloss, D. J. and J. P. R. Wallis (eds.), *The Prophetic Writings of William Blake*, 2 vols., Oxford, 1926.

Stevenson, W. H. (ed.), *The Poems of William Blake*, Longman, 1971 ; 2nd 1989.

28歳のブレイク(妻キャサリンの鉛筆画)

CONTENTS

I *Songs of Innocence and of Experience*

(A) *Songs of Innocence*

[1]	Introduction	22
[2]	The Shepherd	24
[3]	The Ecchoing Green	26
[4]	The Lamb	30
[5]	The Little Black Boy	32
[6]	The Blossom	36
[7]	The Chimney Sweeper	38
[8]	The Little Boy Lost	42
[9]	The Little Boy Found	42
[10]	Laughing Song	44
[11]	A Cradle Song	46
[12]	The Divine Image	50
[13]	Holy Thursday	54
[14]	Night	56
[15]	Spring	62
[16]	Nurse's Song	66
[17]	Infant Joy	68
[18]	A Dream	70
[19]	On Another's Sorrow	72

目　次

まえがき

I 〈『無垢と経験の歌』〉

(A) 『無垢の歌』

[1]	序の歌	23
[2]	羊飼い	25
[3]	こだまが原	27
[4]	子羊	31
[5]	黒人の少年	33
[6]	花	37
[7]	煙突掃除の少年	39
[8]	失われた少年	43
[9]	見つかった少年	43
[10]	笑いの歌	45
[11]	子守歌	47
[12]	神の姿	51
[13]	聖木曜日	55
[14]	夜	57
[15]	春	63
[16]	乳母の歌	67
[17]	「喜び」という名の幼な子	69
[18]	夢	71
[19]	他人の悲しみに	73

(B) *Songs of Experience*

[20]	Introduction	80
[21]	Earth's Answer	82
[22]	The Clod and the Pebble	86
[23]	Holy Thursday	88
[24]	The Little Girl Lost	90
[25]	The Little Girl Found	96
[26]	The Chimney Sweeper	104
[27]	Nurse's Song	106
[28]	The Sick Rose	106
[29]	The Fly	108
[30]	The Angel	112
[31]	The Tyger	114
[32]	My Pretty Rose Tree	118
[33]	Ah! Sun-flower	118
[34]	The Lilly	120
[35]	The Garden of Love	122
[36]	The Little Vagabond	124
[37]	London	126
[38]	The Human Abstract	128
[39]	Infant Sorrow	132
[40]	A Poison Tree	134
[41]	A Little Boy Lost	136
[42]	A Little Girl Lost	140
[43]	To Tirzah	144
[44]	The School Boy	146

(B) 『経験の歌』
[20] 序　の　歌　　　　　　　　　　　　　81
[21] 大地の答え　　　　　　　　　　　　83
[22] 土くれと小石　　　　　　　　　　　87
[23] 聖 木 曜 日　　　　　　　　　　　　89
[24] 失われた少女　　　　　　　　　　　91
[25] 見つかった少女　　　　　　　　　　97
[26] 煙突掃除の少年　　　　　　　　　105
[27] 乳 母 の 歌　　　　　　　　　　　107
[28] 病める薔薇　　　　　　　　　　　107
[29] 蝿　　　　　　　　　　　　　　　109
[30] 天　　使　　　　　　　　　　　　113
[31] 虎　　　　　　　　　　　　　　　115
[32] 私のかわいい薔薇の木　　　　　　119
[33] ああ！　ひまわりよ　　　　　　　119
[34] 百 合 の 花　　　　　　　　　　　121
[35] 愛 の 園　　　　　　　　　　　　123
[36] 小さな宿なし　　　　　　　　　　125
[37] ロ ン ド ン　　　　　　　　　　　127
[38] 人 の 姿　　　　　　　　　　　　129
[39] 「悲しみ」という名の幼な子　　　133
[40] 毒 の 木　　　　　　　　　　　　135
[41] 一人の失われた少年　　　　　　　137
[42] 一人の失われた少女　　　　　　　141
[43] テ ル ザ に　　　　　　　　　　　145
[44] 小 学 生　　　　　　　　　　　　147

[45]	The Voice of the Ancient Bard	150

II *The Book of Thel*

[46]	The Book of Thel	156

III From *The Marriage of Heaven and Hell*

[47]	The Argument	186
[48]	Proverbs of Hell	188

IV *Visions of the Daughters of Albion*

[49]	Visions of the Daughters of Albion	204

V From *Poetical Sketches*

[50]	To Spring	252
[51]	To Summer	254
[52]	To Autumn	256
[53]	To Winter	258
[54]	To the Evening Star	262
[55]	To Morning	264
[56]	Song (1) 'How sweet I roam'd from...'	264
[57]	Song (2) 'My silks and fine array...'	268
[58]	Song (3) 'Love and harmony combine...'	270
[59]	Song (4) 'I love the jocund dance...'	272
[60]	Song (5) 'Memory, hither come...'	276
[61]	Mad Song	278
[62]	Song (6) 'Fresh from the dewy hill...'	280

目　次　15

[45]　古の詩人の声　　　　　　　　　　　　　　　　　　　151

　　II　〈『セルの書』〉
[46]　セルの書　　　　　　　　　　　　　　　　　　　　157

　　III　〈『天国と地獄の結婚』より〉
[47]　序の歌　　　　　　　　　　　　　　　　　　　　　187
[48]　地獄の格言　　　　　　　　　　　　　　　　　　　189

　　IV　〈『アルビョンの娘たちの幻覚』〉
[49]　アルビョンの娘たちの幻覚　　　　　　　　　　　　205

　　V　〈『詩的素描』より〉
[50]　春　に　　　　　　　　　　　　　　　　　　　　　253
[51]　夏　に　　　　　　　　　　　　　　　　　　　　　255
[52]　秋　に　　　　　　　　　　　　　　　　　　　　　257
[53]　冬　に　　　　　　　　　　　　　　　　　　　　　259
[54]　宵の明星に　　　　　　　　　　　　　　　　　　　263
[55]　朝　に　　　　　　　　　　　　　　　　　　　　　265
[56]　ソング(1)　どんなに楽しく私は……　　　　　　　265
[57]　ソング(2)　私の絹衣や晴衣……　　　　　　　　　269
[58]　ソング(3)　愛と調和は結ばれ……　　　　　　　　271
[59]　ソング(4)　ぼくは陽気な踊りを愛す……　　　　　273
[60]　ソング(5)　思い出よ、ここに来て……　　　　　　277
[61]　狂おしき歌　　　　　　　　　　　　　　　　　　　279
[62]　ソング(6)　露けき丘から今でたばかり……　　　　281

[63] Song (7) 'When early morn walks...' 284
[64] To the Muses 286

VI From *The Pickering Manuscript*

[65] The Mental Traveller 292
[66] Mary 304
[67] William Bond 310
[68] Auguries of Innocence 318

[63] ソング(7) 夜明けが落ち着いた灰色の……　　　285
[64] 詩 神 に　　　287

　　VI 〈『ピカリング稿本』より〉

[65] 精神の旅人　　　293
[66] メ ア リ　　　305
[67] ウィリアム・ボンド　　　311
[68] 無垢の予兆　　　319

　ブレイク略伝　　　321
　あ と が き　　　343

I

〈『無垢と経験の歌』〉
Songs of Innocence and of Experience

『無垢の歌』扉

> For when our souls have learn'd the heat to bear
> The cloud will vanish we shall hear his voice.
> Saying: come out from the grove my love & care,
> And round my golden tent like lambs rejoice.
>
> Thus did my mother say and kissed me.
> And thus I say to little English boy.
> When I from black and he from white cloud free,
> And round the tent of God like lambs we joy:
>
> I'll shade him from the heat till he can bear,
> To lean in joy upon our fathers knee.
> And then I'll stand and stroke his silver hair,
> And be like him and he will then love me.

「黒人の少年」プレート 2

(A) *Songs of Innocence*

[1] Introduction

Piping down the valleys wild
Piping songs of pleasant glee
On a cloud I saw a child.
And he laughing said to me.

Pipe a song about a Lamb: 5
So I piped with merry chear,
Piper pipe that song again —
So I piped, he wept to hear.

Drop thy pipe thy happy pipe
Sing thy songs of happy chear, 10
So I sung the same again
While he wept with joy to hear.

---

[1] 『無垢の歌』の「序」としてふさわしい詩である。ここには詩の成立、つまり「笛を吹く」→「歌う」→「書く」の創作過程がみごとに描かれている。 **1 Piping down...wild** 冒頭に 'As I went' を補って読む。 **6 chear**=cheer(「気分、機嫌」). 'with good cheer' で「喜んで、元気よく」の意。 **8 he wept** "he wept with joy"(12行目)、また "Excess of sorrow laughs. Excess of joy weeps."(「地

（A）『無垢の歌』

［1］ 序 の 歌

荒れた谷間を笛吹きつつ
楽しい悦び(よろこ)の歌を吹きつつ下ると
雲の上に一人の子どもが見えた。
その子は笑って私に言った。

「子羊の歌を吹いてよ」
そこで私は心楽しく笛を吹いた。
「笛吹きさん、もう一度その歌を吹いてよ」
そこで私は笛を吹き、その子は聞いて涙を流した。

「笛を、楽しい笛を捨てて
楽しい愉快な歌をうたってよ」
そこで私は同じ歌をまたうたい
その子は聞いて喜んで涙を流した。

獄の格言」26番)参照。　**9**　**thy**＝your.　**happy**＝merry, jolly.

Piper sit thee down and write
In a book that all may read —
So he vanish'd from my sight.   15
And I pluck'd a hollow reed.

And I made a rural pen,
And I stain'd the water clear,
And I wrote my happy songs
Every child may joy to hear.   20

[2]　The Shepherd

How sweet is the Shepherd's sweet lot!
From the morn to the evening he strays:
He shall follow his sheep all the day
And his tongue shall be filled with praise.

For he hears the lambs innocent call.   5

13　**thee**＝you.　15　**vanish'd**＝vanished.　16　**pluck'd**＝plucked. **hollow reed**　昔は中空の葦を削ってペンを作った。　18　**stain'd**＝stained＝tinged(「色をつける」). 水に浸すと同時に「しみをつける」の意もある。
[2]　羊飼いは羊から絶対的な信頼を受けているので、彼の身の上は楽しい。　1　**lot**＝a person's destiny or fortune (「身の上」).　2

「笛吹きさん、坐って書いてよ
本に、みんなが読めるように」
そしてその子は消えて見えなくなった。
私は中がうつろな葦(あし)を一本抜き

ひなびたペンをつくり
きれいな水に色をつけ
私の楽しい歌を書いた。
すべての子どもが聞いて喜ぶように。

[2] 羊 飼 い

なんと楽しいことだろう、羊飼いの楽しい身の上は！
彼は朝から夕べまで歩き回る。
彼は一日じゅう自分の羊の後を追い、
彼の舌は神への称賛に満ちている。

だって、彼は子羊の無邪気な呼び声を聞き、

---

strays＝roams, wanders free from control.　**4　And his tongue ... praise**　"let my mouth be filled with thy praise"(『詩篇』71：8), "My tongue shall speak ... of thy praise all day long."(『詩篇』35：28)参照。

And he hears the ewes tender reply,
He is watchful while they are in peace,
For they know when their Shepherd is nigh.

[3]　The Ecchoing Green

The Sun does arise,
And make happy the skies.
The merry bells ring,
To welcome the Spring.
The sky-lark and thrush,　　　　　　　　　　　　5
The birds of the bush,
Sing louder around,
To the bells' chearful sound.
While our sports shall be seen
On the Ecchoing Green.　　　　　　　　　　　　10

Old John with white hair

6　**ewes**=female sheeps.　7　**in peace**=at peace.　8　**nigh**=near.
[3]　表題　**The Ecchoing Green**=The Echoing Green. 'Ecchoing'
のスペリングのほうが「こだま」にふさわしい。　**1　does arise**
'does'を入れることによって日が昇る感じがよく出ている。　**2
make happy the skies**=make the skies happy.　**3　ring**〔動詞〕
「鳴る」。　**6　birds of the bush**「ミソサザイ」(wren)か。　**7-8**

母羊のやさしい返事を聞くんだから。
彼が見守っているあいだ羊たちは平和でいられる、
だって羊たちは羊飼いが近くにいるのを知っているから。

[3] こだまが原

お日さまが昇って、
空を幸せにする。
楽しい鐘が鳴って、
春を歓迎する。
ひばりとつぐみ
藪(やぶ)の小鳥たちが
あたりでさらに声高く鳴く、
快い鐘の音に合わせて。
ぼくたちの遊びも見られるよ、
こだまが原で。

ジョンじいさんは白髪で、

Sing...To 「〜に合わせて歌う」。 9 While 「このような時〜」。 11 Old John=the conventional 'old shepherd'.

Does laugh away care,
Sitting under the oak,
Among the old folk.
They laugh at our play,
And soon they all say,
Such such were the joys.
When we all girls & boys,
In our youth time were seen,
On the Ecchoing Green.

Till the little ones weary
No more can be merry
The sun does descend,
And our sports have an end:
Round the laps of their mothers,
Many sisters and brothers,
Like birds in their nest,
Are ready for rest;
And sport no more seen,
On the darkening Green.

---

12 laugh away care 「苦労なんか笑い飛ばす」とは、何もかも忘れて笑いこけること。 **13 Sitting under the oak** 「オークの木の下に坐る」。オークは「森の王者」で、イギリスで最も大きくなる木。オークは樫と訳されてきたが、日本の樹木名の慣用からいえば、樫とするよりは楢としたほうがより正確である(足田輝一『樹の文化誌』朝日選書、1985年参照)。 **17 Such such were the joys** G. オーウェ

苦労なんか笑い飛ばす、
オークの木の下に坐って、
年寄りたちにまじって。
彼らは子どもたちの遊びを笑い、
やがてみんなでこう言う。
「とっても、とっても楽しかったよ、
わしらはみんな女の子も男の子も、
若いころはこのこだまが原で
遊んだものさ」

そのうち小さな子どもたちは疲れてくると、
もう楽しくなくなってくる。
お日さまは沈み、
ぼくたちの遊びも終わる。
お母さんたちの膝のまわりで
妹や弟たちが
巣の中の小鳥のように
眠りにつこうとしている。
そして遊びはもう見られない、
暗くなっていくこだまが原では。

ルの作品にこの表題を冠した、少年時代の学校生活を回想したものがある。　**21　Till**「かくて、ついに」。詩によくある軽い用法。　**24 have an end**＝come to an end.　**29　And sport no more seen**＝And sport is no more seen. 遊ぶ子どもたちの姿が見えないということ。

[4]　The Lamb

　Little Lamb who made thee?
　Dost thou know who made thee?
Gave thee life & bid thee feed,
By the stream & o'er the mead;
Gave thee clothing of delight, 5
Softest clothing wooly bright;
Gave thee such a tender voice,
Making all the vales rejoice:
　Little Lamb who made thee?
　Dost thou know who made thee? 10

　Little Lamb I'll tell thee,
　Little Lamb I'll tell thee;
He is called by thy name,
For he calls himself a Lamb:
He is meek & he is mild, 15
He became a little child:

---

[4]　「序の歌」で子どもに「子羊の歌を吹いてよ」と言われたことに対する返答の詩。　1　**thee**=you.　3　**bid**=bade.　4　**mead**=meadow.　5　**clothing of delight**=delightful clothing.　6　**wooly bright**　共に 'clothing' の修飾語。　8　**vales**=valleys.　13　**He is called by thy name**　「神の御名はおまえの名前」。子羊も子どもも共に神と同じ名前である、の意。'called' と2音節で読む。"Even

[4] 子　羊

　子羊よ、だれがおまえをつくったの。
　だれがおまえをつくったか知っているの。
おまえに生命(いのち)を与え、川のそばや
牧場で、おまえに草を食べさせ、
喜びの着物、ふわふわして輝く
いちばん柔らかな着物を与え、
どの谷間をも喜びで満たす
そんなにやさしい声をおまえにくれた方を。
　子羊よ、だれがおまえをつくったの。
　だれがおまえをつくったか知っているの。

　子羊よ、教えてあげよう、
　子羊よ、教えてあげよう。
その方はおまえと同じ名前で呼ばれる、
その方は自分を子羊と言われたから。
その方は柔和でやさしい、
その方は小さい子どもになられた。

---

every one that is called by my name："(『イザヤ書』43：7)参照。
15　He is meek & he is mild　"Take my yoke upon you, and learn of me; for I am meek and lowly in heart: and ye shall find rest unto your souls."(『マタイによる福音書』11：29)参照。　**16　He became a little child**　「神は化身して子どもになられた」。

I a child & thou a lamb,
We are called by his name.
　Little Lamb God bless thee,
　Little Lamb God bless thee.   20

[5]　The Little Black Boy

My mother bore me in the southern wild,
And I am black, but O! my soul is white.
White as an angel is the English child:
But I am black as if bereav'd of light.

My mother taught me underneath a tree   5
And sitting down before the heat of day,
She took me on her lap and kissed me,
And pointing to the east began to say.

Look on the rising sun: there God does live

17　thou=you.　**18　We are called by his name**　「私たちの名前は神の御名」。子羊も子どもも共に神と同じ名前である、の意。　**19 Little Lamb**=Infant Jesus. "John seeth Jesus coming unto him, and saith, Behold the Lamb of God, which taketh away the sin of the world."(『ヨハネによる福音書』1:29)参照。
［5］　イギリスにおける黒人奴隷の解放運動は 1787 年に奴隷貿易廃止

私は子ども、おまえは子羊、
私たちはその方と同じ名前で呼ばれる。
　子羊よ、神さまのおめぐみあれ、
　子羊よ、神さまのおめぐみあれ。

[5] 黒人の少年

ぼくの母さんは南の荒野(あらの)でぼくを産んだ、
だから色は黒いけれど、おお！　ぼくの魂は白い。
イギリスの子どもは天使みたいに白い、
だけどぼくは真っ黒だ、まるで光を奪われたみたいに。

母さんは木の下でぼくに教えてくれた、
日盛りにならないうちにそこに坐って
ぼくを膝の上にのせ、キスをして、
東を指さして、こう言った。

「昇るお日さまをごらん！　あそこに神さまがいらっしゃって、

協会が設立され、1807 年に奴隷貿易の廃止、1833 年には奴隷制の廃止という過程をとる。　**1 southern wild**　「アフリカの荒野」の意。　**2 my soul is white**　「ぼくの心は汚れがない」。　white＝pure, stainless.　**4 as if bereav'd of light**　「光を奪われたみたいに」。bereave＝deprive.　**6 before the heat of day**　「日がまだ暑くならないうちに、朝のうちに」。

And gives his light, and gives his heat away.   10
And flowers and trees and beasts and men recieve
Comfort in morning, joy in the noon day.

And we are put on earth a little space,
That we may learn to bear the beams of love.
And these black bodies and this sun-burnt face   15
Is but a cloud, and like a shady grove.

For when our souls have learn'd the heat to bear
The cloud will vanish; we shall hear his voice,
Saying: come out from the grove my love & care.
And round my golden tent like lambs rejoice.   20

Thus did my mother say and kissed me.
And thus I say to little English boy.
When I from black and he from white cloud free,
And round the tent of God like lambs we joy:

I'll shade him from the heat till he can bear   25
To lean in joy upon our father's knee.

11　**recieve**=receive.　13　**And we are...a little space**　「私たちはしばしの間この世に生をうける」。 a little space=(for) a short time. space=duration of time.　14　**That we may learn...the beams of love**　「愛の光に耐えるのを学べるように」とは、「愛の教えを身につけて愛に充てる者となるため」の意。　16　**Is**　文法的には 'Are' が正しい。　19　**love & care**　「いとしい子」。　20　**tent**=hab-

[5] 黒人の少年

光を出してくださり、熱も送ってくださる。
そのおかげで花も木も獣も人も
朝には慰めを、昼には喜びをいただけるのです。

私たちはほんのしばらくの間この世に置かれている、
私たちが愛の光に耐えるのを学べるように。
そしてこんな黒い体や、この日焼けした顔は
ただ一片の雲、陰の濃い森のようなもの。

というのも私たちの魂が熱さに耐えられるようになると、
雲は消えてしまう。そして神さまの声が聞こえる。
「さあ森から出ておいで、私のいとしい坊や、
私の金色の幕屋のまわりで子羊のように喜びなさい」」

こう母さんは言ってぼくにキスをした。
そしてぼくはイギリスの子どもに言おう。
ぼくが黒い雲から、きみが白い雲から解き放たれて
神さまの幕屋のまわりで子羊のように喜ぶとき、

ぼくはきみを夏の暑さから守ってあげよう、きみが
ぼくらのお父さんの膝に喜んでもたれられるようになるまで。

---

itation, dwelling.　**22-23**　'little English boy' に冠詞が落ちているのと、23行目に動詞がないのは、ブレイクが 'pidgin English' を意識していることを示している。当時のアフリカ人はすでにこのような話し方をしていた。　**26**　**father**＝God, our heavenly Father.

And then I'll stand and stroke his silver hair,
And be like him and he will then love me.

[6] The Blossom

Merry Merry Sparrow
Under leaves so green
A happy Blossom
Sees you swift as arrow
Seek your cradle narrow   5
Near my Bosom.

Pretty Pretty Robin
Under leaves so green
A happy Blossom
Hears you sobbing sobbing   10
Pretty Pretty Robin
Near my Bosom.

---

[6] ナーサリーライム(マザーグース)では、「雀」は「楽しい」(cheerful)、「駒鳥」は「悲劇的」(tragic)という約束事がある("Who killed Cock Robin?" "A little cock sparrow sat on a green tree.")。この詩は象徴的に、特に「生成の行為による愛の達成の詩的表現」と性的に解釈することも可能である。しかし、話し手(若い乙女)を含めて無垢の状態を歌ったものとして読むほうがいいだろう。花と「私」

そのときぼくは立ち上がって、きみの銀色の髪をなでよう、
そしてぼくはきみのようになって、きみもぼくを愛する
だろう、と。

[6] 花

楽しい、楽しい雀(すずめ)さん
濃い緑の葉っぱの下で
幸せな花がひとつ見ています
矢のように素早く
あなたが狭い寝床をさがすのを
私の胸の近くで。

かわいい、かわいい駒鳥さん
濃い緑の葉っぱの下で
幸せな花がひとつ聞いています
あなたがすすり泣き、すすり泣くのを
かわいい、かわいい駒鳥が
私の胸の近くで。

を同一とするか別物とするかが解釈の分かれるところである。 4 swift as arrow 「矢のように素早い」のはファラスの象徴。 6 my 「私」というのは話し手のこと。「幸せな花」ではない。

[7] The Chimney Sweeper

When my mother died I was very young,
And my father sold me while yet my tongue,
Could scarcely cry weep weep weep weep.
So your chimneys I sweep & in soot I sleep.

Theres little Tom Dacre, who cried when his head 5
That curl'd like a lamb's back, was shav'd, so I said,
Hush Tom never mind it, for when your head's bare,
You know that the soot cannot spoil your white hair.

And so he was quiet, & that very night,
As Tom was a sleeping he had such a sight, 10
That thousands of sweepers Dick, Joe, Ned & Jack
Were all of them lock'd up in coffins of black.

---

[7] 煙突掃除の少年(少女もいたが)の年齢はたいてい6-8歳で、教区徒弟で身柄を親方に任せられた者、貧しい親に売られた者、さらには誘拐された者もいた。彼らの住んでいた家は食事を取る所と寝る所が同じで、不潔、悪臭の漂う雑居部屋であった。下層の煙突掃除は1年に1回でも風呂に入れればましであった。 3 **weep**='weep=sweep. 煙突掃除の少年の触れ声。 4 **in soot I sleep**「煤まみれ

[7] 煙突掃除の少年

母さんが死んだとき、ぼくはまだ幼かったけれど
父さんはぼくを売った、ぼくの舌が
「煤払い、煤払い」と、まだよくまわらないのに。
それでぼくは煙突を掃除し、煤まみれになって眠る。

子羊の背中みたいに巻毛のちびのトム・デイカは
髪の毛を剃られたとき泣いた。ぼくは言って
                              あげた。
「泣くなよ、トム。気にするな、坊主頭に
                    なれば
おまえの白い髪の毛は煤によごれ
              ないよ」

トムは泣きやんだけれど、その晩すぐに
眠っているとこんな光景を見た。何千人もの
煙突掃除、ディック、ジョー、ネッド、ジャックなどが
一人残らず黒いお棺に閉じ込められていた。

になって眠る」。煙突掃除の少年たちは仕事から戻って屋根裏部屋で寝るのだが、そこにはマットレスや布団などはなく、掃除してきた袋の上で眠った。 **5 Theres**＝There's＝There is. **6 That curl'd like a lamb's back, was shav'd** 少年たちが煙突にもぐるときには、残り火で頭髪が燃えないように、髪の毛を剃った。 **10 a sleeping**＝asleeping. **12 coffins of black** 「黒いお棺」とは煙突のこと。

And by came an Angel who had a bright key,
And he open'd the coffins & set them all free.
Then down a green plain leaping laughing they run   15
And wash in a river and shine in the Sun.

Then naked & white, all their bags left behind,
They rise upon clouds, and sport in the wind.
And the Angel told Tom, if he'd be a good boy,
He'd have God for his father & never want joy.   20

And so Tom awoke and we rose in the dark
And got with our bags & our brushes to work.
Tho' the morning was cold, Tom was happy & warm.
So if all do their duty, they need not fear harm.

---

13 bright key 煙突掃除の少年の閉じ込められている「棺」を開けて彼らを解放してくれる天使の「輝く鍵」とは、1788年の「煙突掃除の少年を保護する法案」の国会通過のこと。 **15 run**＝ran. **16 wash**＝washed. **shine**＝shone. 当時の社会では、貧乏人にとって風呂はぜいたくなものであった。 **17 naked & white**「白い裸のまま」。少年たちが煙突にもぐるときには、服をつけたままだとスペー

[7] 煙突掃除の少年

すると輝く鍵を持った天使がやって来て
お棺を開けてくれてみんなを出してくれた。
みんなはとび跳ね、笑いながら緑の野原を駆けまわり
川で洗いきよめ、日を浴びて体が輝く。

それから、白い裸のまま、煤袋を置き去りにして
雲に乗り、風の中を遊んだ。
天使はトムに言った。よい子になれば、神さまが
お父さんになってくださり、喜びの尽きる日はないよ、と。

ここでトムは目が覚めた。ぼくたちは暗いうちに起き
煤袋と煤はけを持って、仕事に出かけた。
とても寒い朝だったけれど、トムは幸せで、
　　　　　　　　　　　　　　　　暖かだった。
だから、みんなが義務を果せば、何も心配はありません。

スをとり、また服に残り火が燃え移って焼死することがあるので、裸で煙突に入るのが普通であった。 **bags**「煤袋」(煙突掃除の商売道具)。 **18 rise**＝rose. **sport**＝sported. **19 he'd**＝he would. **20 want**「欠ける」。 **22 got...to work**「仕事に着手した」。 **23 Tho'**＝Though.

[8]　The Little Boy Lost

Father, father, where are you going?
O do not walk so fast.
Speak father, speak to your little boy
Or else I shall be lost.

The night was dark no father was there　　　　5
The child was wet with dew.
The mire was deep, & the child did weep
And away the vapour flew.

[9]　The Little Boy Found

The little boy lost in the lonely fen,
Led by the wand'ring light,

---

[8]　この詩において母親は不在である。母親が不在である子どもは父親を追い求めなければならないが、母親の代わりとしての父親はいなくなってしまう。この少年は誤れる神を追う人間を象徴している。
8　vapour　「夜霧」とは実体のない、抽象的なものの象徴である。
[9]　少年は狐火にたぶらかされて道に迷ってしまったのである。当時のイギリスにおいては、人々の間では狐火は妖精や悪魔の手下のい

[8] 失われた少年

「父さん、父さん、どこに行くの。
ああ、そんなに速く歩かないで。
父さん、話して、この小さなぼくに何か話して、
そうしないと迷子になっちゃうよ」

夜は暗く、父さんはいなかった。
子どもは露でぬれた。
泥沼は深く、子どもは泣いた。
そして夜霧は飛び去った。

[9] 見つかった少年

狐火にたぶらかされ
淋(さび)しい沼地に迷っていた少年は

たずらと信じられており、サマーセット地方では、洗礼を受けていない子どもの魂だと信じられていた。 **1 fen**＝a low-lying marshy or flooded tract of land(「沼地」). **2 wand'ring light**＝will-o'-the-wisp＝a phosphorescent light sometimes seen on marshy ground (「狐火」).

Began to cry, but God ever nigh,
Appeard like his father in white.

He kissed the child & by the hand led 5
And to his mother brought,
Who in sorrow pale, thro' the lonely dale
Her little boy weeping sought.

[10]   Laughing Song

When the green woods laugh with the voice of joy
And the dimpling stream runs laughing by,
When the air does laugh with our merry wit,
And the green hill laughs with the noise of it.

When the meadows laugh with lively green 5
And the grasshopper laughs in the merry scene,
When Mary and Susan and Emily,

---

4 **Appeard**＝Appear'd＝Appeared.
[10] 1 **When the green ... joy**　明るく日光に燃え立つ新緑の森が歓喜の声をあげて笑っている様子。'joy' を昔の発音で[dʒai]と読めば、次行の by と韻をふむ。　2 **the dimpling ... by**　「川がえくぼ(のような渦巻き)を作り、笑いながら流れていく」。dimpling＝rippling.　3 **merry wit**　「陽気な冗談」。

泣き出した。しかし常にそばにいる神は
白衣をまとって父さんのように現われた。

神は小さい子に口づけし、手をとって
母さんのもとへ連れていった。
悲しみに顔色あおざめ、淋しい谷間をさまよい、
泣きながらわが子をさがしていた母さんのもとへ。

[10] 笑いの歌

緑の森が喜びの声をあげて笑い
えくぼする川が笑いながら流れ
空がわたしたちのはしゃぐのに合わせて笑い
緑の丘もそのこだまを返して笑うとき

牧場はしたたるような緑で笑い
きりぎりすも楽しい場面のなかで笑うとき
メアリとスーザンとエミリが

With their sweet round mouths sing Ha, Ha, He.

When the painted birds laugh in the shade
Where our table with cherries and nuts is spread 10
Come live & be merry and join with me,
To sing the sweet chorus of Ha, Ha, He.

[11] A Cradle Song

Sweet dreams form a shade,
O'er my lovely infant's head.
Sweet dreams of pleasant streams,
By happy silent moony beams.

Sweet sleep with soft down, 5
Weave thy brows an infant crown.
Sweet sleep Angel mild,
Hover o'er my happy child.

---

9 painted=marked with bright colours(「色美しい」). **10 nuts**「ナッツ」には 'hazel-nut' や 'walnut' や 'chestnut' がある。**11 Come** 〔命令形・間投詞的に〕「さあ」。
[11] 18世紀を代表する賛美歌作者 A. ワッツの「子守歌」('A Cradle Hymn')とブレイクのこの詩を比較すると、ワッツの「母親」は「子ども」のなかに「聖なるイメジ」を見ないで、子どもをイエスと対

かわいい丸い口で「ハ、ハ、ヒ!」と歌うとき。

羽の色美しい鳥たちが木陰で笑い
木陰の食卓にはさくらんぼやくるみ
さあ、みんなで元気よく、いっしょに
「ハ、ハ、ヒ」の楽しい合唱をしよう。

[11] 子 守 歌

かわいい夢よ、影をつくれ
いとしいうちの坊やの頭の上に。
快い流れのかわいい夢よ、
幸ある静かな月の光に照らされて。

かわいい眠りよ、柔い和毛(やわにこげ)で
おまえの額に幼な子の冠を織れ。
かわいい眠りよ、柔和な天使よ、
うちの幸せな子どもの上を飛翔せよ。

比している教訓詩である。　**1　form a shade**　〔命令文〕「影をつくれ」。
4　By　Either 'lit by' or 'together with'.　**6　Weave thy brows an infant crown**　〔命令文〕「おまえの額に幼な子の冠を織れ」。　**8　Hover**＝Remain in one place in the air〔命令文〕.

Sweet smiles in the night,
Hover over my delight.   10
Sweet smiles, Mother's smiles
All the livelong night beguiles.

Sweet moans, dovelike sighs,
Chase not slumber from thy eyes,
Sweet moans, sweeter smiles,   15
All the dovelike moans beguiles.

Sleep sleep happy child,
All creation slept and smil'd.
Sleep sleep, happy sleep.
While o'er thee thy mother weep.   20

Sweet babe in thy face,
Holy image I can trace.
Sweet babe once like thee,
Thy maker lay and wept for me,

---

12 livelong night「長々しい夜」。**beguiles** 'beguile' とあるべきところが、'smiles' と韻をふむために 'beguiles' となっている。16行目と32行目も同じ。beguile＝charm away(「癒す、和らげる」)。
14 Chase not＝Don't chase. **22 Holy image**「神の御像、聖なる姿」。**trace**＝mark out, form. 子どもの顔に神の姿が宿っているということ。

[11] 子守歌

かわいい微笑よ、夜に
私の歓喜の上を飛翔せよ。
かわいい微笑、母の微笑は
長々しい夜を慰める。

かわいい呻(うめ)きよ、鳩のようなため息よ、
おまえの眼から眠りを追うな。
かわいい呻き、もっとかわいい微笑は
鳩のようなため息をみな慰める。

眠れ、眠れ、幸せな子どもよ、
あらゆるものは眠って微笑した。
眠れ、眠れ、幸せな眠りよ、
おまえをのぞきこんで母さんは泣く。

かわいい坊やよ、おまえの顔に
聖なる姿を私はたどる。
かわいい坊やよ、おまえのように
造り主も横になって私のために泣いた、

Wept for me, for thee, for all, 25
When he was an infant small.
Thou his image ever see,
Heavenly face that smiles on thee.

Smiles on thee, on me, on all,
Who became an infant small, 30
Infant smiles are his own smiles,
Heaven & earth to peace beguiles.

[12]　The Divine Image

To Mercy Pity Peace and Love,
All pray in their distress:
And to these virtues of delight
Return their thankfulness.

For Mercy Pity Peace and Love, 5

---

[12]　神は神性なる人間で、美徳は人間の美徳である。神に祈る際に、人は人間のなかで人格化された慈悲、憐憫、平和、愛の美徳の総体に祈る。ここにはE. スヴェーデンボリの思想の影響が見られる。

私のために、おまえのために、みんなのために泣いた、
あの方が小さな幼な子であったときに。
おまえはあの方の姿をいつも見ている、
おまえに微笑(ほほえ)む天上の顔を。

おまえに、私に、みんなに微笑む。
その方は小さな幼な子になられた。
幼な子の微笑はあの方自身の微笑、
天と地を和(なご)ませる。

[12] 神 の 姿

慈悲、憐憫(れんびん)、平和そして愛とに
人は苦しいとき祈る。
そしてこれら歓喜の徳目には
自分たちの感謝の心を返す。

慈悲、憐憫、平和そして愛は

Is God our father dear:
And Mercy Pity Peace and Love,
Is Man his child and care.

For Mercy has a human heart
Pity, a human face: 10
And Love, the human form divine,
And Peace, the human dress.

Then every man of every clime,
That prays in his distress,
Prays to the human form divine 15
Love Mercy Pity Peace.

And all must love the human form,
In heathen, Turk or Jew.
Where Mercy, Love & Pity dwell,
There God is dwelling too. 20

---

12 dress 衣装は肉体(body)の象徴。 **13 clime**《詩》＝country。
13-15 神の本性は堕落した形で人間のなかに見ることができる。 **18**
「聖金曜日」(Good Friday)の祈りに、"O merciful God, who hast made all men, and hatest nothing that thou has made ... Have mercy upon all Jews, Turks, Infidels, and Hereticks." がある。

[12] 神の姿

私たちのいとしい父なる神であり、
慈悲、憐憫、平和そして愛は
神のいとし子なる人であるから。

慈悲は人間の心臓を持ち、
憐憫は人間の顔、
愛は神性なる人間の姿、
平和は人間の衣装を持っているから。

だからあらゆる国のあらゆる人は
苦しいときに祈り、
神性なる人間の姿、
愛、慈悲、憐憫、平和に祈る。

すべてのものは人間の姿を愛さなければいけない、
異教徒、トルコ人、ユダヤ人であろうとも。
慈悲、愛、憐憫が住んでいるところ
そこには神もまた住んでいるのだから。

[13]　Holy Thursday

Twas on a Holy Thursday, their innocent faces clean,
The children walking two & two in red & blue & green,
Grey-headed beadles walk'd before with wands as white as snow,
Till into the high dome of Paul's they like Thames' waters flow.

O what a multitude they seem'd, these flowers of London town!
Seated in companies they sit with radiance all their own.
The hum of multitudes was there, but multitudes of lambs,
Thousands of little boys & girls raising their innocent hands.

---

[13] 聖木曜日がセント・ポール大寺院で最初に祝われたのは1782年5月2日で、この年の昇天節は5月9日であった。以後、後援者たちは大衆の便宜を考慮して注意深く、聖木曜日を昇天節と重なるのを避けた。聖木曜日にはロンドンの慈善学校の子どもたちが儀式に出席したが、その数およそ6000人といわれる。**1 Twas**＝It was. **their innocent faces clean** 前に 'with' を補って読む。**2 The**

[13] 聖木曜日

聖木曜日の朝、あどけない顔をきれいに
                                洗い、
赤、青、緑の晴れ着の子どもたちが
                    二列になり、
雪のように白い杖を持った白髪の寺役人に
                        導かれ、
セント・ポールの円屋根へと歩む有様は、まるでテムズ川
                                    の流れ。

おお、なんと沢山の子どもたち、ロンドンの
                        町の花よ！
他には見られない輝きをたたえて、みんな行儀よく、
                    並んで坐っている。
大勢のざわめき、だが、子羊の群れ
                    そっくり。
それはあどけない手をあげている数千の男の子や
                            女の子。

---

children walking＝The children came (went) walking.　**two & two**　「二列縦隊になって」。　**in red & blue & green**　慈善学校によって制服の色が決まっていた。　**3　beadles**＝ceremonial officer of a church, college, etc.　**wands**　「杖」(白い木で作られている)。　**4　Paul's**＝St. Paul's Cathedral.　**flow**＝flew.　**5-6**　『マタイによる福音書』(14:19)参照。　**6　all their own**　「彼ら独特の」。

Now like a mighty wind they raise to heaven the
         voice of song,
Or like harmonious thunderings the seats of
         heaven among. 10
Beneath them sit the aged men, wise guardians of
         the poor;
Then cherish pity, lest you drive an angel from
         your door.

[14] **Night**

The sun descending in the west,
The evening star does shine,
The birds are silent in their nest,
And I must seek for mine,
The moon like a flower, 5
In heaven's high bower;

---

9 mighty wind "And suddenly there came a sound from heaven as of a rushing mighty wind,"(『使徒言行録』2:2)参照。**10 the seats of heaven among**＝among the seats of heaven. 'seats of heaven' は「天上の神々の御座所、高御座」の意。**11 wise guardians of the poor** 「貧窮民の賢い守り役」。'the aged men' と同格。'guardian' は肩書き。平信徒で3行目の 'beadle' とは別人。**12**

巨大な風のように子どもたちは天へと
                歌声をあげる、
それとも天の座席の間の心地よく響きわたる
                    雷のように。
はるか下方には、貧しい者の守り役の賢い老人たちが
                    坐っている。
だから、慈悲を育てよ、天使を戸口から追い出さない
                    ように。

[14] 夜

お日さまが西に沈んで、
夕べの星が輝く。
鳥たちは巣のなかで静かだ、
私は自分のねぐらを捜さねばならない。
月は花のよう、
天の高いあずまやに

---

cherish pity 「慈悲を育てよ」。
[14]　**4　mine**＝my house (bed).　**6　bower**＝a poetic term for a dwelling place or a shady recess surrounded by plants.

With silent delight,
Sits and smiles on the night.

Farewell green fields and happy groves,
Where flocks have took delight;
Where lambs have nibbled, silent moves
The feet of angels bright;
Unseen they pour blessing,
And joy without ceasing,
On each bud and blossom,
And each sleeping bosom,

They look in every thoughtless nest,
Where birds are coverd warm;
They visit caves of every beast,
To keep them all from harm;
If they see any weeping,
That should have been sleeping
They pour sleep on their head
And sit down by their bed.

---

8 **Sits and smiles on the night**「夜の世界に坐って夜の世界を照らす」。 10 **have took**=have taken. 11 **silent moves**=silently moves. 17 **look in**「覗く」。 **thoughtless**=unreflecting without the cares of thinking man. 18 **coverd**=covered.

[14] 夜

無言の歓びをたたえて
坐って夜に微笑む。

さようなら、緑の野原と幸せな木立よ、
羊の群れが楽しんでいたところよ。
子羊が草を食んでいたところで、音もなく動くのは
輝く天使たちの足。
眼に見えず天使は祝福を注ぐ、
休みなく喜びを、
ひとつひとつの芽や花に、
ひとつひとつの眠っている胸に。

天使たちは物思いのない巣をすべてのぞき込む、
鳥たちが暖かく覆われているところを。
あらゆる獣がいる洞穴を訪れ、
みんなを害から守ってあげる。
もし眠っているはずなのに
だれかが泣いているのを見たら、
彼らの頭に眠りを注いであげ、
寝床のそばに坐ってあげる。

When wolves and tygers howl for prey 25
They pitying stand and weep ;
Seeking to drive their thirst away,
And keep them from the sheep.
But if they rush dreadful ;
The angels most heedful, 30
Recieve each mild spirit,
New worlds to inherit.

And there the lions ruddy eyes,
Shall flow with tears of gold :
And pitying the tender cries, 35
And walking round the fold :
Saying : wrath by his meekness
And by his health, sickness,
Is driven away,
From our immortal day. 40

And now beside thee bleating lamb,
I can lie down and sleep ;
Or think on him who bore thy name,

---

27 thirst=a thirst for blood. **28 And**「しかも」。**29 rush dreadful**「荒れ狂う」。**31 Recieve**=Receive. **mild spirit**「柔和な羊の心」。**32 New worlds to inherit**=To inherit new worlds (「新しい世界を受け継がす」)。**33**『イザヤ書』(11:6-8)参照。**35 pitying** 主語は「獅子」。36-37行目の 'walking' と 'Saying' も同様。**tender cries**「やさしい羊の鳴き声」。**36 fold**=sheep-fold

狼や虎が獲物を求めて吼（ほ）えるとき、
天使は哀れみながら立って涙を流し、
彼らの飢えを追い払ってあげ、
彼らを羊に近寄らせないようにする。
しかしもし彼らが恐ろしく突進したら、
天使たちは、とても注意深く、
ひとつひとつの柔和な霊を受け取り、
新しい世界を受け継がす。

そこでは獅子の赤らんだ眼は
金の涙を流すだろう。
そしてやさしい叫びを哀れみ、
囲いのまわりを歩きながら言う。
「怒りは神の柔和によって、
病いは神の健康によって、
追い払われるのだ、
私たちの不滅の日から。

そして今、鳴いている子羊よ、
私はおまえのそばで横になって眠れるのだ。
おまえの名前を持つあの方のことを思い、

（「羊を入れる囲い」）． **37** **his**＝Christ's． **37-40** 語句を補うと、"Wrath is driven away from our immortal day by his meekness, and sickness is driven away from our immortal day by his health." となる。 **40** **immortal day**＝immortal life. 'immortal' というのは、われわれ人間が神の心を授かり、永劫不滅の生命を得たから。

Grase after thee and weep.
For wash'd in life's river, 45
My bright mane for ever,
Shall shine like the gold,
As I guard o'er the fold.

[15]   Spring

Sound the Flute!
Now it's mute.
Birds delight
Day and Night.
Nightingale 5
In the dale
Lark in Sky
Merrily
Merrily Merrily to welcome in the Year

44　Grase＝Graze＝Eat or feed on grass.　**45　life's river**　「生命の川」。life＝immortal life. "And he shewed me a pure river of water of life, clear as crystal, proceeding out of the throne of God and of the Lamb."(『ヨハネの黙示録』22：1)参照。
[15]　この詩は3連から成り、1行が3音節、長い音節は各連の最終行だけで、繰り返しになっている。この素朴な詩型が非常に効果的で

おまえにならって草を食（は）み、涙を流す。
なぜなら、生命（いのち）の川で洗われて
私の輝くたてがみは永遠に
黄金のように光るであろう、
私が羊の囲いを守っているときに」

[15]　春

笛を吹け！
もう　やんでしまった。
鳥は楽しい
昼も夜も。
ナイチンゲールは
谷間で
ひばりは空で
楽しく
楽しく、楽しく、年を迎える

ある。　1　Sound　「鳴らせ」。　2　Now it's mute　「もう笛の音はしない」。mute＝silent.　9　to welcome in the Year　「喜んで新年を迎えるために」。春は年の初めだから。

Little Boy
Full of joy.
Little Girl
Sweet and small,
Cock does crow
So do you.
Merry voice
Infant noise
Merrily Merrily to welcome in the Year

Little Lamb
Here I am.
Come and lick
My white neck.
Let me pull
Your soft Wool.
Let me kiss
Your soft face.
Merrily Merrily we welcome in the Year

---

15 So do you=Little boys and girls crow.　**17 Infant noise**「幼な子のざわめき」。

男の子
喜びいっぱい。
女の子
かわいくて小さい。
雄鳥が鳴くと
子どもたちがまねする。
楽しい声
幼な子のざわざわ、
楽しく、楽しく、年を迎える

子羊さん、
ここにいるよ。
こっち来てなめて
ぼくの白い首を。
ひっぱらせて
おまえの柔らかな毛を。
キスさせて
おまえの柔らかい顔に。
楽しく、楽しく、みんなで年を迎える

[16] Nurse's Song

When the voices of children are heard on the green
And laughing is heard on the hill,
My heart is at rest within my breast
And everything else is still.

Then come home my children, the sun is gone down 5
And the dews of night arise;
Come come leave off play, and let us away
Till the morning appears in the skies.

No, no, let us play, for it is yet day
And we cannot go to sleep; 10
Besides in the sky, the little birds fly
And the hills are all coverd with sheep.

Well well go & play till the light fades away
And then go home to bed.

---

[16] この詩は1784年制作の『月の中の島』に最初に出てくる。 **3 at rest**「安心して、平静で」。 **7 Come come**「さあ、さあ(急いで)」。 **leave off**「やめる、終わりとする」。 **12 coverd**=covered.

[16] 乳母の歌

子どもたちの声が緑の野原で聞こえ
笑い声が丘の上で聞こえるとき、
私の心は胸のなかで安らぎ
ほかのものはみな静かだ。

「さあ帰りなさい、子どもたち、お日さまは沈んで
夜の露がおりる。
さあ、さあ、遊びをやめて帰りましょう、
朝が空に姿を現わすまで」

「いやだ、いやだ、もっと遊ぼう、まだ明るいから
寝れないよ。
それに空には小鳥が飛んでいるし
丘には羊がいっぱいいるよ」

「そうね、そうね、行ってお遊び、明かりが薄れるまで
それから家に帰って寝なさい」

The little ones leaped & shouted & laugh'd 15
And all the hills ecchoed.

[17]　Infant Joy

I have no name
I am but two days old. —
What shall I call thee?
I happy am
Joy is my name. — 5
Sweet joy befall thee!

Pretty joy!
Sweet joy but two days old.
Sweet joy I call thee;
Thou dost smile, 10
I sing the while
Sweet joy befall thee.

15　"Blake may have intended 'leaped' to be disyllabic and 'laugh-ed' to be a monosyllable."(Kennedy, p. 154)
[17]　この詩は幼な子 'Joy' と母親の対話で成立している。この詩のタイトルは、従来は「幼な子の喜び」と訳されてきたが、「「喜び」という名の幼な子」と訳した。　**6　Sweet joy befall thee!**　仮定法による祈願文。befall＝happen, happen to.　**11　the while**＝in the

小さな子どもたちは跳んで叫んで笑った
そしてすべての丘はこだました。

［17］「喜び」という名の幼な子

ぼくには名前がないんだ
まだ生まれて二日しかたっていないから。
おまえは何て呼んでほしいの？
ぼくは幸せだよ
喜びがぼくの名前だよ。
すてきな喜びがおまえの上に訪れますように！

かわいい喜び！
生まれて二日しかたっていないすてきな喜び、
すてきな喜びと呼んであげよう。
おまえは笑い、
そのあいだに私は歌をうたう、
すてきな喜びがおまえの上に訪れますように！
──────────
meantime(「そのあいだに」).

[18] A Dream

Once a dream did weave a shade,
O'er my Angel-guarded bed,
That an Emmet lost its way
Where on grass methought I lay.

Troubled wilderd and forlorn
Dark benighted travel-worn,
Over many a tangled spray,
All heart-broke I heard her say.

O my children! do they cry?
Do they hear their father sigh?
Now they look abroad to see,
Now return and weep for me.

Pitying I drop'd a tear:
But I saw a glow-worm near:

---

[18] 1 **weave a shade**「影を織る」。この影を「陰気な影」とみるか、「母の庇護から生じる陽気な影」とみるか両説あるが、『無垢の歌』の1篇なので、後者を採りたい。'form a shade'(「子守歌」1行目)と似た表現。 3 **Emmet**=Ant. 4 **methought**=it seemed to me. 5 **wilderd**=wildered=bewildered. 6 **benighted**「(旅人などが)行き暮れて」。 8 **All heart-broke I heard her say**=I heard her

[18] 夢

天使に守られた私の寝床の上で
あるとき、一つの夢が影を織った。
それは道に迷った一匹の蟻の夢
私は草の上に寝ていたと思う。

困りぬき、道に迷い、見放され
日は暮れ、行き暮れ、旅に疲れ
もつれ合った小枝をわたり
がっかりして蟻が嘆くのを私は聞く。

「おお、私の子どもたちよ、みんなで泣いているのかしら。
お父さんのため息を聞いているのかしら。
私をさがしに外に出たり
また戻って私を思って泣いている」

かわいそうで、私が涙をこぼすと
土蛍(つちぼたる)がそばにきて言った。

---

say all heart-broken.　her＝emmet.　heart-broke 「切ない思いをして」。　**11 - 12　Now...Now** 「あるいは〜あるいは〜」。　**12 me**＝their mother.　**13　drop'd**＝dropped.

Who replied. What wailing wight 15
Calls the watchman of the night?

I am set to light the ground,
While the beetle goes his round:
Follow now the beetle's hum,
Little wanderer, hie thee home. 20

[19] On Another's Sorrow

Can I see another's woe,
And not be in sorrow too?
Can I see another's grief,
And not seek for kind relief?

Can I see a falling tear, 5
And not feel my sorrow's share?
Can a father see his child,

---

15 **wight**=person. 18 **goes his round**「見回りする」。round
=a route on which things are to be inspected or delivered(「巡回」).
20 **hie thee home**=hasten home.
[19] **1-12** 人の悲しみを見て、共に悲しみ、人の嘆きを見てやさし
く慰めてあげたい。父母は自分の子どもの嘆きを自分の嘆きとする。
6 **feel...share**「自分も共に悲しむ」。

「どこのだれが嘆いて
夜の番人の私を呼ぶのだい。

私は地面を照らすのが役目なのだ、
かぶと虫が見回りしているあいだは。
さあ、かぶと虫のぶんぶんの音をたよって
小さな迷子さん、はやくお家(うち)にお帰り」

[19] 他人の悲しみに

他人の悩みを見て
自分も悲しくならずにいられようか。
他人の嘆きを見て
やさしい慰めを探さずにいられようか。

あふれ落ちる涙を見て
自分も悲しいと感じないのか。
父親はわが子が泣くのを見て

Weep, nor be with sorrow fill'd?

Can a mother sit and hear,
An infant groan an infant fear? 10
No no never can it be.
Never never can it be.

And can he who smiles on all
Hear the wren with sorrows small,
Hear the small bird's grief & care 15
Hear the woes that infants bear,

And not sit beside the nest
Pouring pity in their breast.
And not sit the cradle near
Weeping tear on infant's tear? 20

And not sit both night & day,
Wiping all our tears away?
O! no never can it be.
Never never can it be.

---

8 **nor**＝and not. 12 **never can it be**＝it can never be(「そんなことはあり得ない」). ここの 'can' は否定文で「〜のはずがない」の意。
13-24 神はこの世のすべてのものに、やさしく微笑みかけて、慰めてくださる。 14 **Hear the wren** "Are not two sparrows sold for a farthing? and one of them shall not fall on the ground without your Father."(『マタイによる福音書』10:29)参照。 **with sorrows**

[19] 他人の悲しみに

悲しみで一杯にならずにいられようか。

母親はじっと坐って聞いていることができようか、
幼な子が呻(うめ)き、幼な子が恐がるのを。
いやいや、そんなことはあり得ない。
決して決して、そんなことはあり得ない。

そしてすべてに微笑(ほほえ)むあの方が
みそさざいの小さな悲しみを聞いて
小鳥の嘆きと心配を聞いて
幼な子たちが耐えている悲痛を聞いて、

巣のそばに坐って、
胸に哀れみを注(そそ)がずにいられようか。
揺りかごの近くに坐って、
幼な子の涙に涙を流さずにいられようか。

夜も昼も坐って、
私たちの涙を拭い去らずにいられようか。
いやいや、そんなことはあり得ない。
決して決して、そんなことはあり得ない。

---

small 小さな胸を痛めて悲しんでいる様子。 **19 the cradle near** = near the cradle. **22 Wiping all our tears away** "God shall wipe away all tears from their eyes."(『ヨハネの黙示録』7:17, 21:4)参照。

He doth give his joy to all. 25
He becomes an infant small.
He becomes a man of woe.
He doth feel the sorrow too.

Think not, thou canst sigh a sigh,
And thy maker is not by. 30
Think not, thou canst weep a tear,
And thy maker is not near.

O! he gives to us his joy,
That our grief he may destroy.
Till our grief is fled & gone 35
He doth sit by us and moan.

25-36 詩の形式は質問ではなくなり、穏やかな優しいキリストの愛の讃美となる。 **26 infant small**＝infant Jesus. **27 man of woe** "He is despised and rejected of men; a man of sorrows, and acquainted with grief:"(『イザヤ書』53: 3)参照。 **29 canst**《古》＝can. **30 by** 〔副詞〕「そばに、かたわらに」。

あの方は自分の喜びをすべてに与える。
あの方は小さな幼な子になられる。
あの方は悲痛の人になられる。
あの方は悲しみも感じてくださる。

考えてはいけない、ため息をひとつつき、
あなたの創造主がそばにいない、などと。
考えてはいけない、涙を流して
あなたの創造主が近くにいない、などと。

おお！　あの方は私たちの嘆きをなくそうとして
私たちにその喜びをくれる。
私たちの嘆きが消え去ってしまうまで
あの方は私たちのそばに坐って呻いてくださる。

『経験の歌』扉

Introduction

Hear the voice of the Bard!
Who Present, Past, & Future sees
Whose ears have heard,
The Holy Word,
That walk'd among the ancient trees.

Calling the lapsed Soul
And weeping in the evening dew:
That might controll,
The starry pole;
And fallen fallen light renew!

O Earth O Earth return!
Arise from out the dewy grass;
Night is worn,
And the morn
Rises from the slumberous mass.

Turn away no more:
Why wilt thou turn away
The starry floor
The watry shore
Is given thee till the break of day.

「序の歌」(『経験の歌』)

(B) *Songs of Experience*

[20] Introduction

Hear the voice of the Bard!
Who Present, Past, & Future sees
Whose ears have heard,
The Holy Word,
That walk'd among the ancient trees.　　　　5

Calling the lapsed Soul
And weeping in the evening dew:
That might controll
The starry pole:
And fallen fallen light renew!　　　　10

O Earth O Earth return!
Arise from out the dewy grass;
Night is worn,

---

[20] **4-5 The Holy ... trees** "And they heard the voice of the Lord God walking in the garden in the cool of the day:"(『創世記』3:8)参照。　**6 lapsed Soul** 「堕落した魂(人間)」。エデンの園で知恵の木の実を食べたアダムとイヴのこと。'lapsed' は2音節。lapse＝pass gradually into a less active or less desirable state.　**7 dew** 物質または経験界を表わす。　**8 That** 5行目の 'That' とと

(B) 『経験の歌』

[20] 序 の 歌

詩人の声を聞け！
詩人は現在、過去、未来を見透し、
その耳は聞いたのだ、
神の言葉が
　古(いにしえ)の木の間を歩み、

堕落した魂を呼び、
夕べの露に泣いているのを。
その言葉は星の空を支配し
落ちに落ちた光を
　甦(よみがえ)らせるだろう。

「おお大地よ、おお大地よ、帰れ！
露けき草から起き上がれ。
夜は過ぎ、

もに 4 行目の 'The Holy Word' が先行詞。　**controll**＝control.　**9 The starry pole**「星の夜空」。'pole'は「極」。　**10 fallen fallen light renew**＝might renew fallen fallen light.　**11 O Earth O Earth return！**　"O earth, earth, earth, hear the word of the Lord." (『エレミア書』22：29)参照。　**13 Night is worn**「夜は過ぎた」。'worn' は 'wear'(「〔時が〕ゆっくり過ぎる」)の過去分詞。

And the morn
Rises from the slumberous mass. 15

Turn away no more:
Why wilt thou turn away
The starry floor
The watry shore
Is giv'n thee till the break of day. 20

[21]　Earth's Answer

Earth rais'd up her head,
From the darkness dread & drear,
Her light fled:
Stony dread!
And her locks cover'd with grey despair. 5

Prison'd on watry shore

14-15　the morn ... mass　「暗かった大地に朝日が昇った」の意。morn=morning.　**17　wilt**　'will'の2人称単数現在形。　**18　starry floor**　「星が光る空」。理性を表わす。floor=floor of heaven.　**20　giv'n**=given=imposed.　**thee**=you.　**the break of day**　「偽りの夜明け」ととるか、それとも「新しい時代の始まり」ととるか。

朝が
まどろむ塊から立ち上がる。

もう顔をそむけるな、
なぜ、おまえは顔をそむけるのか。
星の床
水の岸辺が
おまえに課されるのは夜明けまでだ」

[21]　大地の答え

大地は頭をもたげた、
おそろしくわびしい闇から、
彼女の光は消え失せた。
石のような恐ろしさ！
その髪は灰色の絶望に覆われていた。

「水の岸辺に囚われて

----

[21]　これは「序の歌」の詩人の言葉に対する大地の答え。　**1　rais'd** =raised.　**2　dread & drear**　'darkness' の修飾語。　**3　Her**=Earth's.　**4　Stony dread**　「非常な恐ろしさ」。stony=hard as stone, unfeeling ; not responsive. ここには見る者を石に変えたメドゥーサへの言及があるのか。　**5　her locks cover'd with**=her locks were covered with. 'locks' は「頭髪」。　**6**　以下は大地の答え。

Starry Jealousy does keep my den
Cold and hoar
Weeping o'er
I hear the Father of the ancient men.   10

Selfish father of men!
Cruel jealous selfish fear!
Can delight
Chain'd in night
The virgins of youth and morning bear?   15

Does spring hide its joy
When buds and blossoms grow?
Does the sower
Sow by night?
Or the plowman in darkness plow?   20

Break this heavy chain,
That does freeze my bones around.
Selfish! vain!
Eternal bane!

---

7 Starry Jealousy　「星の嫉妬、嫉妬の星」。旧約聖書の嫉妬深い神、あるいは宗教。"For thou shalt worship no other god: for the Lord, whose name is Jealous, is a jealous God:"(『出エジプト記』34：14)参照。　**8 Cold and hoar**　'the Father' の修飾語。　**9 Weeping o'er**＝Weeping over me (＝Earth). 'the Father' の修飾語。　**11-12**　共に 'the Father of the ancient men' のこと。　**21 heavy**

[21] 大地の答え

星の嫉妬が私の洞窟を監視する、
冷たく白髪で
泣き暮れている
　古(いにしえ)の人間の父の声を私は聞く。

人間の身勝手な父よ。
冷酷で嫉妬深く身勝手な恐怖よ。
歓びが
夜に鎖でつながれていては
青春と朝の処女を産めようか。

　蕾(つぼみ)と花がひらくとき
春は喜びを隠すだろうか。
種蒔く人は
夜に蒔くだろうか。
耕す者は闇の中で耕すだろうか。

私の骨のまわりに凍りつく
この重い鎖を断ち切れ。
身勝手で、虚(むな)しく、
永久の害毒！

---

chain＝the flesh.「（大地を束縛する）重い鎖」とは、肉体のこと。　23-24　'heavy chain' をさして言っている。　24　**bane**＝a cause of great trouble or annoyance.

That free Love with bondage bound. 25

[22]　The Clod and the Pebble

Love seeketh not Itself to please,
Nor for itself hath any care;
But for another gives its ease,
And builds a Heaven in Hell's despair.

 So sang a little Clod of Clay, 5
 Trodden with the cattle's feet;
 But a Pebble of the brook,
 Warbled out these metres meet.

Love seeketh only Self to please,
To bind another to Its delight; 10
Joys in another's loss of ease,
And builds a Hell in Heaven's despite.

---

[22]　**1 Love seeketh not Itself to please**＝Love does not seek to please itself. **1-4** ここに歌われているのは利他的な愛、犠牲的な愛である。「セルの書」(69-70、84行目)参照。また "Doth not behave itself unseemly, seeketh not her own, is not easily provoked, thinketh no evil;"(『コリント人の信徒への手紙1』13:5)参照。 **2 Nor for itself hath any care**＝Love has not any care for itself.

自由な愛を縛ったこの鎖を」

[22]　土くれと小石

「愛はみずからを喜ばせようとは求めず、
おのれのことは少しも気にかけず、
他のために安らぎを与え、
地獄の絶望のなかに天国をつくる」

　　そう小さな土くれは歌った、
　　牛の蹄(ひづめ)に踏まれながら。
　　しかし小川の小石は
　　それにふさわしい歌をつぶやいた。

「愛はただみずからを喜ばせようと求め、
他を縛っておのれの喜びに従わせ、
他が安らぎを失うのを喜び、
天国の悪意のなかに地獄をつくる」

3　**But for another gives its ease**=But Love gives its ease for another.　8　**Warbled**＞Warble　「(鳥が)さえずる」。　**these metres**＝this song. **meet**＝suitable, proper(「ふさわしい」)。'metres'の修飾語。　9-12　ここに歌われているのは利己的な愛。"The mind is its own place, and in itself / Can make a Heaven of Hell, a Hell of Heaven."(ミルトン『失楽園』I, 254-255)参照。

[23] Holy Thursday

Is this a holy thing to see,
In a rich and fruitful land,
Babes reducd to misery,
Fed with cold and usurous hand?

Is that trembling cry a song? 5
Can it be a song of joy?
And so many children poor?
It is a land of poverty!

And their sun does never shine.
And their fields are bleak & bare. 10
And their ways are fill'd with thorns.
It is eternal winter there.

For where-e'er the sun does shine,
And where-e'er the rain does fall:

---

[23] 『無垢の歌』の同題の詩との対照に注目。 **1 holy** アイロニカルな表現である。 **3 reducd to misery**「不幸な状態に陥らされている」。reducd=reduced。 **4 usurous**=usurious. 慈善学校の「守り役」(guardian)の手を「強欲な手」と呼んだ。 **9-16**「太陽」と「雨」は「愛」と「慈悲」を表わす。 **10 bleak**=cold and cheerless. **12 winter**「冬」は子どもたちの心の中にある。 **13 where-e'er**

[23] 聖木曜日

これが聖なることなのか、
富んで実り豊かな国に
幼な子たちが惨めな状態にされ、
冷たい強欲な手で育てられるのを見ることが。

あの震えわななく叫びが歌なのか。
あれを喜びの歌といえるのか。
そしてあんなに多くの子どもが貧しいのか。
ここは貧困の国だ！

そして、彼らのために日は決して輝かない。
そして、彼らの田畑は荒れ干からびている。
そして、彼らの道には茨がはびこる。
そこは永遠の冬だ。

なぜなら、日の照るところはどこであれ
雨の降るところはどこであれ

───────────
＝wherever.

Babe can never hunger there, 15
Nor poverty the mind appall.

[24] The Little Girl Lost

In futurity
I prophetic see,
That the earth from sleep,
(Grave the sentence deep)

Shall arise and seek 5
For her maker meek :
And the desart wild
Become a garden mild.

In the southern clime,
Where the summer's prime. 10
Never fades away ;

---

16 appall=fill with horror or dismay, shock deeply(「ロンドン」10行目参照). また 'make pale' の意もある。心を脅かされるのは「子ども」「守り役」、さらには語り手、われわれ読者でもある。
[24] この詩と次の詩は一対の詩である。最初は『無垢の歌』に入れられていたが、後に『経験の歌』に移された。 **2 prophetic** 副詞的用法。 **4 Grave**=Engrave(「(心に)銘記する、彫る」). grave は形

幼な子がひもじい思いをすることは決してなく、
貧乏が心を脅(おびや)かすこともないからだ。

[24] 失われた少女

私は予見する
未来において
大地は眠りより目覚め
(この文を深く刻みつけよ)

立ち上がり、探し求めるだろう
優しい創造主を。
そして荒(あら)野(の)も
なごやかな園となろう。

真夏の盛りが
衰えることがない
南の国に

容詞の 'grave'(＝serious)、また名詞の 'grave'(「墓」)との語呂合わせでもある。　**sentence**　(1) statement(「文」), (2) punishment decree (「宣告」).　**deep**＝deeply.　7　**desart**＝desert.　7-8　『イザヤ書』(35：1)参照。　9　**the southern clime**　シチリア島と考える注釈者もいる。冥界の王ハデスがペルセボネをさらって冥界の女王とした。ペルセボネは毎年 6 カ月間、冥界を離れて地上に戻ることが許された。

Lovely Lyca lay.

Seven summers old
Lovely Lyca told,
She had wanderd long,   15
Hearing wild bird's song.

Sweet sleep come to me
Underneath this tree;
Do father, mother weep. —
Where can Lyca sleep.   20

Lost in desart wild
Is your little child.
How can Lyca sleep,
If her mother weep.

If her heart does ake,   25
Then let Lyca wake;
If my mother sleep,
Lyca shall not weep.

---

12 **Lyca**「ライカ」。ブレイクの造語だが、ワーズワスの「ルーシー」(Lucy)などとともに「光」の意がある。 13 **Seven summers old** 7は神秘数。 14 **told**=counted. 15 **wanderd**=wandered. 25 **ake**=ache.

うるわしいライカは横たわっていた。

七つの夏を
うるわしいライカは数えていた。
野の鳥たちの歌を聞きながら
長いあいだライカはさまよった。

「ここちよい眠りよ、
この木陰にいる私に訪れよ。
父さん、母さん、泣いているの、
どこでライカは眠っているのか、と。

あなたのいとし子は
荒野(あらの)のなかで迷っています。
どうしてライカは眠れましょう、
母さんが泣いているのなら。

母さんの胸が痛むなら
ライカを起こして下さい。
母さんが眠るなら
ライカは泣きません。

Frowning frowning night,
O'er this desart bright,　　　　　　　　　　　　30
Let thy moon arise,
While I close my eyes.

Sleeping Lyca lay:
While the beasts of prey,
Come from caverns deep,　　　　　　　　　　　35
View'd the maid asleep.

The kingly lion stood
And the virgin view'd,
Then he gambold round
O'er the hallowd ground:　　　　　　　　　　　40

Leopards, tygers play,
Round her as she lay;
While the lion old,
Bow'd his mane of gold,

---

33 Sleeping Lyca lay=Lyca lay sleeping.　**34 beasts of prey**「猛獣」。　**35 Come**=Having come.　**38 And the virgin view'd**=And (the lion) viewed the virgin.　**39 gambold**=gamboled. gambol=jump or skip about in play.　**40 hallowd ground** 神の愛の行きわたった神聖な土地。 hallowd=hallowed. hallow=make holy.　**41 play** 本来なら 'played'。押韻のため。

[24] 失われた少女

機嫌の悪い、機嫌の悪い夜よ、
この輝く荒野(あらの)の上に
あなたの月を昇らせておくれ、
私が目を閉じているあいだ」

身を横たえてライカが眠っていると
その間に猛獣たちが
深い洞穴から出てきて
眠る少女を見た。

王者のような獅子は立って
処女を眺め
この神聖にされた土地の上を
とび跳(は)ね回った。

豹(ひょう)や虎も踊る
寝ているライカのまわりで。
老いた獅子が
金色のたてがみを垂れ、

And her bosom lick,　　　　　　　　　　45
And upon her neck,
From his eyes of flame,
Ruby tears there came;

While the lioness
Loos'd her slender dress,　　　　　　　50
And naked they convey'd
To caves the sleeping maid.

[25]　The Little Girl Found

All the night in woe,
Lyca's parents go
Over vallies deep,
While the desarts weep.

Tired and woe-begone,　　　　　　　　5

---

45 lick 本来なら 'licked'. 押韻のため。　**50 Loos'd**=Loosed
(「解いた」).　**slender**=slim and graceful.
[25]　**5　woe-begone**=looking unhappy.

処女の胸をなめ
彼女の頸(くび)の上に
　焰(ほのお)のような眼から
ルビーの涙を流した。

連れの牝獅子が
薄い着物を脱がせ
裸体のまま眠れる少女を
洞穴のなかに運んだ。

　［25］　見つかった少女

夜もすがら悲しみながら
ライカの両親は行く
深い谷を越え
荒野(あらの)は泣いている。

疲れ、悲しみにひしがれ

Hoarse with making moan,
Arm in arm seven days,
They trac'd the desart ways.

Seven nights they sleep,
Among shadows deep,
And dream they see their child
Starv'd in desart wild.

Pale thro' pathless ways
The fancied image strays,
Famish'd, weeping, weak
With hollow piteous shriek.

Rising from unrest,
The trembling woman prest,
With feet of weary woe;
She could no further go.

In his arms he bore
Her arm'd with sorrow sore;

---

14 fancied image「幻」(夢に現れた子どもの姿)。 **17 from unrest**「不安のあまり、心配のため」。 **18 prest**＝pressed. press＝hasten onward. **21 he**＝the father. **bore** 'bear' の過去形。bear＝carry, support. **21-22** 普通の語順にすると、He bore her in his arms arm'd with sorrow sore となる。 **22 Her**＝The mother. **arm'd with**＝armed with＝strengthened by(「武装して」).

[25] 見つかった少女

呻(うめ)くあまり声もしわがれ
七日間手をとり合い
父母は荒野の道をたどった。

七つの夜を彼らは
深い木陰で眠り
いとしい我が子が荒野で
飢えている夢を見た。

顔は青ざめ、道なき道を
幻の我が子の姿はさ迷う、
飢え、泣きながら、弱々しく
うつろな哀しげな叫びをあげて。

不安のあまり立ち上がり
震えながら母親は急いで進む、
哀しみに疲れた足を引きずって。
彼女はもう歩けなくなった。

ひどい悲しみを身にまとって
父は両腕に母をささえた。

Till before their way,
A couching lion lay.

Turning back was vain, 25
Soon his heavy mane,
Bore them to the ground;
Then he stalk'd around.

Smelling to his prey,
But their fears allay, 30
When he licks their hands,
And silent by them stands.

They look upon his eyes
Fill'd with deep surprise:
And wondering behold, 35
A spirit arm'd in gold.

On his head a crown,
On his shoulders down,
Flow'd his golden hair.

---

23 Till「かくて、ついに」。「こだまが原」21行目参照。 **26-27**「獅子の重いたてがみを見て両親は地上にひれ伏した」。 **28 stalk'd** =stalked. stalk=track or pursue (game etc.) stealthily. **29 Smelling to** 古い用法。現在では 'to' は不要。 **30 allay**=abate, calm, soothe. **32** 普通の語順にすると、And the lion stands by them silently となる。 **36 A spirit arm'd in gold** 黄金の毛に包

[25] 見つかった少女

すると彼らの道の前に、
一頭の獅子がうずくまっていた。

引き返すことはできなかった。
たちまち獅子の重いたてがみが
両親を地にひれ伏させた。
それから獅子はゆっくりと辺りを歩いた。

獅子は獲物の匂いを嗅いだが、
両親の恐れはうすらいだ、
獅子が彼らの手をなめて、
じっとそこに立っているだけだったので。

深い驚きに満たされて
両親は獅子の目を見た。
すると不思議や、目がとらえたのは
黄金に身を鎧(よろ)うひとつの霊。

獅子の頭には王冠があり
その両肩からは
黄金の髪が垂れていた。

まれた獅子に神の霊が宿っていたから、不思議に思った。 **38-39** 普通の語順にすると、His golden hair flow'd down on his shoulders となる。

Gone was all their care. 40

Follow me he said,
Weep not for the maid;
In my palace deep,
Lyca lies asleep.

Then they followed, 45
Where the vision led:
And saw their sleeping child,
Among tygers wild.

To this day they dwell
In a lonely dell, 50
Nor fear the wolvish howl,
Nor the lion's growl.

---

40 care=fear. **46 vision** 獅子のこと。 **51 wolvish**=wolfish.

両親の心配はすべてなくなった。

獅子は言う「私について来なさい。
少女のために泣くでない。
私の宮殿の奥深くに
ライカは眠っている」と。

そこで二人は幻が
導くところについて行った。
そして荒々しい虎に囲まれて
眠っている我が子を見た。

今日に至るまで彼らは
淋(さび)しい谷間に住む。
狼の叫びも恐れず
獅子の吼え声も恐れずに。

[26]　The Chimney Sweeper

A little black thing among the snow :
Crying weep, weep, in notes of woe !
Where are thy father & mother ? say ?
They are both gone up to the church to pray.

Because I was happy upon the heath,　　　　　　5
And smil'd among the winter's snow :
They clothed me in the clothes of death,
And taught me to sing the notes of woe.

And because I am happy, & dance & sing,
They think they have done me no injury :　　　10
And are gone to praise God & his Priest & King
Who make up a heaven of our misery.

---

[26] 『無垢の歌』の同題の詩と対照せよ。　**1　A little black thing** 煙突掃除のことだが、'thing' という単語に注目。　**3** 「父さんと母さん」は、煙突掃除の親方夫婦ととっていいだろう。　**4-12** 3行目の質問にたいする答え。　**7　clothes of death**　煙突掃除の仕事は死と隣り合わせであるから、「死の着物」とは、煙突掃除の黒く汚れた着物のこと。　**8　notes of woe**　「悲しみの歌」とは、2行目の 'weep, weep'

[26] 煙突掃除の少年

雪のなかを小さな黒いものが
「煤払い！　煤払い！」と悲しい声をはりあげて通る。
「おまえの父さんと母さんはどこにいるんだい？」
「二人とも教会にお祈りに行ってるよ。

ぼくは荒野にいても楽しく
冬の雪のなかでも笑っていたので
両親はぼくに死の着物をきせ、
悲しみの歌をうたうようにしこんだのさ。

そしてぼくが楽しく踊り歌っているので
両親はぼくに少しもひどいことをしたとは思わず、
ぼくたちの惨めさで天国をつくっている
神さまや坊さまや王さまを崇めにいくのさ」

をさす。　**9　dance & sing**　5月1日のメイデーの日には、煙突掃除とミルク・メイドは施しを求めてロンドン市中を「踊り歌った」。　**12 Who make up a heaven of our misery**＝Who construct a false heaven for themselves from the profits they have made. 「ぼくたちの惨めさで天国をつくっている」とは、彼らは天国を実現するのがその任務なのに、実際は煙突掃除を不幸に陥れていることを表わす。

[27] Nurse's Song

When the voices of children are heard on the green
And whisprings are in the dale:
The days of my youth rise fresh in my mind,
My face turns green and pale.

Then come home my children, the sun is gone down 5
And the dews of night arise.
Your spring & your day are wasted in play
And your winter and night in disguise.

[28] The Sick Rose

O Rose thou art sick.

---

[27] 『無垢の歌』の同題の詩と比較せよ。 2 『無垢の歌』の同題の詩の2行目と比較せよ。 **whisprings**=whisperings. 3 **rise fresh in my mind** 「まざまざと私の心に浮かんでくる」。 4 **green and pale** 乳母の欲求不満を示している。'green' は嫉妬に結びつく。 7-8 春は青春、冬は老年。昼は無垢の世界、夜は経験の世界。 8 **in disguise**=repression and hypocricy. 現実が姿を変えているので、

[27] 乳母の歌

子どもたちの声が緑の野原で聞こえ、
ささやきが谷にあるとき、
私の青春の日々が心のなかで甦(よみがえ)り、
私の顔は青ざめて血の気が失せる。

「さあ、お帰りなさい、子どもたちよ、日は
　　　　　　　　　　　　　　　　　　沈み、
夜露が降りる。
おまえたちの春とおまえたちの昼は、遊びのうちに
おまえたちの冬と夜は、虚偽のなかで空費される」

[28] 病める薔薇

おお薔薇(ばら)よ、おまえは病んでいる。

子どもたちにはわからない。
[28] 『無垢の歌』の「花」と比較せよ。この詩は表面的には一輪の赤い薔薇が一夜のうちに害虫(cankerworm)にやられてしおれてしまったことを歌っているが、愛を歌った象徴詩であるので解釈は多様である。　**表題　Sick**　薔薇はなぜ病んでいるのか。　**1　thou art**＝you are.

The invisible worm,
That flies in the night
In the howling storm:

Has found out thy bed
Of crimson joy:
And his dark secret love
Does thy life destroy.

[29] The Fly

Little Fly
Thy summer's play,
My thoughtless hand
Has brush'd away.

Am not I
A fly like thee?

---

2 **invisible worm** worm=serpent.「眼に見えない虫」とは聖職者をさす。また、ファラスととる読みもある。 3 **flies** 虫がなぜ「飛ぶ」のか。'Satan' なら飛んでもよいが。 4 **howling storm**「荒れ狂う嵐」。 5 **thy bed** 薔薇の 'flowerbed' であるが、「結婚の床」でもある。 6 **crimson joy** 肉欲の喜び。 7 **dark secret love** なぜ「暗いひそかな愛」なのか。'sub rosa (=under the rose)'「秘密に、

夜にまぎれて飛ぶ
眼に見えない虫が
荒れ狂う嵐のなかで

深紅の歓喜の
おまえの寝床を見つけた。
そして彼の暗いひそかな愛が
おまえの生命(いのち)を滅ぼす。

[29] 蠅

小さな蠅よ、
おまえの夏の遊びを
私の思想のない手が
叩きつぶした。

私もおまえのような
蠅ではないのか。

───────────
ひそかに」。
[29] 18 世紀まで、'Fly' とは「いろいろな種類の翅のある小さい昆虫」(S. ジョンソンの『英語辞書』)であった。"As flies to wanton boys are we to the gods ; / They kill us for their sport."(シェイクスピア『リア王』IV, i, 36-37)参照。 **3 thoughtless** 「思想のない」と訳したが、「思慮のない、軽率な」の意もある。

Or art not thou
A man like me?

For I dance
And drink & sing: 10
Till some blind hand
Shall brush my wing.

If thought is life
And strength & breath;
And the want   15
Of thought is death;

Then am I
A happy fly,
If I live,
Or if I die.   20

---

11 blind 「行き当たりばったりの」。 **13 thought**＝not reason, certainly, but the total human mental and spiritual power working freely. "It is what Blake confusingly calls 'intellect.'" (Kennedy, p. 170) **15 want**＝lack(「欠如」).

それともおまえは
私のような人間ではないのか。

なぜなら私は踊って
飲んでそして歌う、
ある盲目の手が
私の翅(はね)を叩きおとすまで。

思想が生命であり
力で呼吸であるならば、
思想の欠如が
死であるならば、

その時、私は
幸福な蠅である、
私が生きていようと、
死んでいようと。

[30]　The Angel

I Dreamt a Dream! what can it mean?
And that I was a maiden Queen:
Guarded by an Angel mild:
Witless woe, was ne'er beguil'd!

And I wept both night and day   5
And he wip'd my tears away
And I wept both day and night
And hid from him my heart's delight.

So he took his wings and fled:
Then the morn blush'd rosy red: 10
I dried my tears & armed my fears,
With ten thousand shields and spears.

Soon my Angel came again;
I was arm'd, he came in vain:

---

[30]　『無垢の歌』の「夢」と比較せよ。この詩の主題はひねくれた処女性である。　**4　Witless**=Thoughtless, stupid.　**ne'er**=never. **beguil'd**>beguile=charm away.　**6　wip'd**=wiped.　**8　heart's delight**「真の恋愛感情」。　**9　took his wings** 'take one's wing(s)' で「飛ぶ」の意。　**10** "Blushes signify debased sexuality in Blake." (Bateson, p. 122)　**11　dried**=wiped.　**11-12** "She has

[30] 天　使

私はひとつの夢を見た！　その意味は何だろう。
私は未婚の女王で、
やさしい天使に守られていたのに、
愚かな哀しみが紛れる時はなかった！

私は夜も昼も泣いた、
すると彼は私の涙をぬぐってくれた。
私は昼も夜も泣いていて
私の心の歓びを彼から隠した。

そこで彼は翼に乗って逃げた。
やがて朝が薔薇(ばら)の赤に恥じらった。
私は涙を乾かし私の恐怖に武装させた、
一万の盾と槍(やり)でもって。

そのうち天使がまたやって来た、
私は武装していたので、彼は来ても無駄だった。

---

put off accepting the weapons of sex for too long."(Bateson, p. 121)　**armed ... / With**　「～に～で武装させた」。　**12　shields and spears**　「盾と槍」は性の戦いにおける防御と急襲の道具である。　**14 arm'd**＝armed.

For the time of youth was fled 15
And grey hairs were on my head.

[31]　The Tyger

Tyger Tyger, burning bright,
In the forests of the night ;
What immortal hand or eye,
Could frame thy fearful symmetry?

In what distant deeps or skies, 5
Burnt the fire of thine eyes?
On what wings dare he aspire?
What the hand, dare sieze the fire?

And what shoulder, & what art,
Could twist the sinews of thy heart? 10
And when thy heart began to beat,

---

[31]　**1 burning bright**「燃えて輝いている」「輝くように燃えている」「燃えるように輝いている」の3通りに解釈できる。　**2 forests of the night** ダンテの『神曲』の「地獄篇」、ミルトンの『コーマス』参照。ブレイクの象徴体系では「夜」も「森」も経験界を表わす。　**4 frame**「形作る」「心に描く、想像する」「考案する、組み立てる」「（絵などを）額縁に入れる、枠にはめる」などの意味がある。

というのは青春の時は過ぎ去り
私の頭は白髪になっていたから。

[31] 虎

虎よ、虎よ、輝き燃える
夜の森のなかで、
いかなる不滅の手、あるいは眼が
 汝(なんじ)の恐ろしい均斉を形作り得たのか。

いかなる遠い深海か大空で
汝の眼の火は燃えていたのか。
いかなる翼にのって彼は高く上がろうとしたのか、
いかなる手でその火を捉えようとしたのか。

いかなる肩、いかなる技が
汝の心臓の筋を捩(ね)じり得たのか。
そして汝の心臓が鼓動を始めたとき、

---

fearful symmetry　「虎は恐ろしいまでに均斉のとれた存在」「虎は恐ろしいものであるが、均斉のとれたものである」「虎は恐ろしいものであるが、その恐ろしさは均斉美となっている」の3通りの意味が考えられる。　5　**deeps**＝abyss of space.　6　**fire of thine eyes**　「火のような眼、ぎらぎら光る眼」「捉えられ、用いられる以前の火そのもの」という二つの意味がある。　8　**sieze**＝seize.

What dread hand? & what dread feet?

What the hammer? what the chain,
In what furnace was thy brain?
What the anvil? what dread grasp, 15
Dare its deadly terrors clasp?

When the stars threw down their spears
And water'd heaven with their tears:
Did he smile his work to see?
Did he who made the Lamb make thee? 20

Tyger Tyger, burning bright,
In the forests of the night;
What immortal hand or eye,
Dare frame thy fearful symmetry?

---

12 What dread hand? & what dread feet? ＝What dread hand was used in framing the rest of thy body? and what dread feet were used in framing the rest of thy body? **15 grasp** 「把握」。手のこと。 **16 deadly terrors** 「致命的な恐怖」。虎のこと。 **17-18** "they astonished all resistance lost, /All courage; down their idle weapons dropt;"(ミルトン『失楽園』VI, 838-839)のサタンの墜

いかなる恐ろしい手が、いかなる恐ろしい足が。

いかなる鉄槌（てつつい）が、いかなる鎖が、
いかなる溶鉱炉に汝の脳があったのか。
いかなる鉄床（かなとこ）が、いかなる恐ろしい把握が
その致命的な恐怖を握り得たのか。

星たちがその槍（やり）を投げ下ろし、
その涙で天をぬらしたとき、
彼はおのれの作品を見て微笑したか。
子羊をつくった彼が汝をもつくったのか。

虎よ、虎よ、輝き燃える
夜の森のなかで、
いかなる不滅の手、あるいは眼が
汝の恐ろしい均斉をあえて形作ったのか。

落の描写、また "When the morning stars sang together, /And all the sons of God shouted for joy ?"(『ヨブ記』38：7)参照。　**24　Dare** この語だけが第1連と異なっていることに注意。

[32] My Pretty Rose Tree

A flower was offerd to me;
Such a flower as May never bore.
But I said I've a Pretty Rose-tree,
And I passed the sweet flower o'er.

Then I went to my Pretty Rose-tree: 5
To tend her by day and by night.
But my Rose turnd away with jealousy:
And her thorns were my only delight.

[33] Ah! Sun-flower

Ah Sun-flower! weary of time,
Who countest the steps of the Sun,

---

[32] この詩と次の二つの詩は１枚の図版に彫版され、一連の主題を扱っている。これは世の嫉妬深い女性を歌った詩。 **1 offerd**=offered. **2 Such a flower...bore**「五月の美しい花も及ばないほどに美しい花」。 **4 passed the sweet flower o'er**「その甘美な花を無視した」。o'er=over. **6 tend**=take care of, look after. **7 turnd away**=turned away(「背を向けた」).

[32]　私のかわいい薔薇の木

一つの花が私に差し出された、
五月にも咲くことのない美しい花。
だが、私は「私にはかわいい薔薇の木がある」と言って、
その甘美な花には手を触れなかった。

それから私はかわいい薔薇の木のところに行き、
昼となく夜となく彼女の世話をした。
だが、私の薔薇は嫉妬で顔をそむけ、
彼女の刺だけが私の歓びであった。

[33]　ああ！　ひまわりよ

ああ、ひまわりよ、時に飽き、
太陽の足音を数えながら、

---

[33]　**表題 Sun-flower**　ひまわりの原産地は中央アメリカで、コロンブスのアメリカ発見後、スペイン人によってヨーロッパに伝えられた。ひまわりがヨーロッパに渡来するまで、'sunflower' はヘリオトロープをさしていた。クリュティエはアポロンに愛されたが、彼の愛が他に移ると日毎に痩せ衰え、その姿を変え、頭を常に太陽の方角に向けて愛のしるしとした(オウィディウス『変身物語』第4巻)。

Seeking after that sweet golden clime
Where the traveller's journey is done.

Where the Youth pined away with desire,   5
And the pale Virgin shrouded in snow
Arise from their graves and aspire
Where my Sun-flower wishes to go.

[34]　The Lilly

The modest Rose puts forth a thorn:
The humble Sheep, a threatning horn:
While the Lilly white, shall in Love delight,
Nor a thorn nor a threat stain her beauty bright.

---

5 pined away＝wasted away through grief or yearning.　**5-6**　若者と処女は共に性的には成熟している男女である。　**6 shrouded in snow**　「雪の経帷子を着た」。経帷子は死のイメジ。　**7 Arise**　主語は 'Youth' と 'Virgin'。　**aspire**＝have a high ambition.
[34]　"I am the rose of Sharon, and the lily of the valleys. As the lily among thorns, so is my love among the daughters."(『雅歌』2：

あの甘美な黄金の国を求める、
そこは旅人の旅路の終わるところ。

そこで欲望にやつれた若者と
雪の経帷子(きょうかたびら)を着た青白い処女が
墓から立ち上がり、憧れる、
私のひまわりが行きたいと望むところを。

[34] 百合の花

慎み深い薔薇(ばら)は刺(とげ)を出す、
謙虚な羊は脅す角を出す。
一方、白百合(しらゆり)の花は愛を喜び、
刺も脅しもその輝く美を汚(けが)さない。

―――――――

1-2)参照。薔薇の慎み、羊の謙虚さ、これらはそれぞれ刺や角でその姿を台無しにしてしまっているが、百合の花は自由な愛を大いに享受しているので、汚されることはない。 **表題** Lilly＝Lily. **1 modest** 決定稿の「慎み深い」(modest)は「ねたんでいる」(envious)→「情欲的」(lustful)→「慎み深い」と変化した。 **2 threatning**＝threatening. **4 stain**＝spoil, damage. 前に 'shall' を補って読む。

[35]　The Garden of Love

I went to the Garden of Love,
And saw what I never had seen:
A Chapel was built in the midst,
Where I used to play on the green.

And the gates of this Chapel were shut, 5
And Thou shalt not, writ over the door;
So I turn'd to the Garden of Love,
That so many sweet flowers bore,

And I saw it was filled with graves,
And tomb-stones where flowers should be: 10
And Priests in black gowns, were walking their rounds,
And binding with briars, my joys & desires.

---

[35] 愛の園とは教会のことであるが、本来、愛を伝えるべき教会は戒律に縛られ硬直してしまっている。教会は少年の遊び場に柵をもうけ、棘で少年の喜びや望みを縛りつけている。　**6　Thou shalt not**「〜すべからず」。十戒を思わせる。『出エジプト記』(20：2-17)、『申命記』(5：6-21)、また『申命記』(11：19-20)参照。　**writ**＝written.　**11 were walking their rounds**　'walk (or go) one's round' は「巡視

[35] 愛 の 園

私が愛の園に入っていくと、
かつて見たこともないものを見た。
私がいつも遊んでいた芝生の真ん中に
礼拝堂が建てられていた。

この礼拝堂の門は閉ざされ、
扉には「汝すべからず」と書かれてあった。
そこで私は愛の園へと向かった。
美しい花がたくさん咲いていたところに。

しかし私は見た、園いっぱいの墓、
花が咲いているはずのところに墓石を。
そして黒い法衣をまとった僧がめいめいの持場を
         歩きまわり、
私の喜びや望みを棘で縛りつけているのを。

(巡回)する」の意。　**12**　**briars**＝briers.

[36] The Little Vagabond

Dear Mother, dear Mother, the Church is cold,
But the Ale-house is healthy & pleasant & warm:
Besides I can tell where I am use'd well,
Such usage in heaven will never do well.

But if at the Church they would give us some Ale, 5
And a pleasant fire, our souls to regale:
We'd sing and we'd pray all the live-long day:
Nor ever once wish from the Church to stray.

Then the Parson might preach & drink & sing,
And we'd be as happy as birds in the spring: 10
And modest dame Lurch, who is always at Church
Would not have bandy children nor fasting nor
             birch.

And God like a father rejoicing to see,

---

[36] 2 **Ale-house**「酒場、パブ」。エール酒はビールの一種で、ホップで味をつけていないもの。 3 **can tell**＝know. **use'd**＝treated. 4 **usage**＝treatment. **do well**「うまくいく(運ぶ)」。 6 **regale**＝feed or entertain well. 7 **We'd**＝We would. 8 **Nor ever ... stray**＝We would never wish to stray from the Church. 11 **dame Lurch** 女教師の名前。'dame' は女教師の姓につく敬称。

[36]　小さな宿なし

母さん、母さん、教会は寒いよ。
だけど居酒屋は健全で愉快で暖かく、
おまけによくもてなしてくれると知ってるよ、
そんなもてなしは天国ではだめですね。

だけど教会で少しお酒を出し、
楽しい火でぼくたちの魂を楽しませてくれたら、
ぼくたちは一日じゅう歌ったり祈ったりして、
決して教会の外へ迷い出ようとは思わないよ。

牧師さんもお説教し、飲んで歌って、
ぼくたちは春の小鳥のように幸せでしょう。
いつも教会にいるお淑やかなラーチ女史も
ひねくれた子どもがいなくなって、断食も鞭も
　　　　　　　　　　　いらなくなるね。

神さまは父さんのように喜んで、

'lurch'(「こそこそする」)、'leave . . . in the lurch'(「〜が困っているのを見捨てる」)などの意からブレイクが考案した。　**12　bandy**＝curving apart at the knees. 'bandy-legged' は「がにまたの」の意。**fasting nor birch**　「断食」も「鞭」もお仕置きの手段。　**13-16**　『ルカによる福音書』(15：11-32)の放蕩息子のたとえを想起させる。

His children as pleasant and happy as he,
Would have no more quarrel with the Devil or the
                                          Barrel 15
But kiss him & give him both drink and apparel.

[37]　London

I wander thro' each charter'd street,
Near where the charter'd Thames does flow,
And mark in every face I meet
Marks of weakness, marks of woe.

In every cry of every Man,   5
In every Infant's cry of fear,
In every voice; in every ban,
The mind-forg'd manacles I hear:

How the Chimney-sweeper's cry

15　Barrel　エール酒(ale)のこと。
[37]　**1　charter'd**　'charter' には次の(1)-(4)のような多数の意味
がある。(1) 'the written acceptance of rights or granting of privi-
leges(as in Magna Carta)'(「憲章」), (2) 'the royal document found-
ing a city or borough'(「(国王の)設立勅許状」), (3) 'conveyancing
documents in the purchase of land'(「土地譲渡契約書」), (4) 'a

子どもらが自分と同じように愉快で幸せなのを見て、
悪魔や酒樽を相手に喧嘩するのも
                          もうやめて
悪魔に接吻し、飲み物も着物も下さるでしょう。

[37]　ロンドン

特権ずくめのテムズ川の流れに沿い
特権ずくめの街々を歩きまわり
行き来する人の顔に私が認めるものは
虚弱のしるし、苦悩のしるし。

あらゆる人のあらゆる叫びに
あらゆる幼な子の恐怖の叫びに
あらゆる声に、あらゆる呪いに
心を縛る枷のひびきを私は聞く。

煙突掃除の少年の叫びが

---

contract of hire'(「傭船契約(書)」).　**3 mark**＝notice, make a mark.　**4**　『エゼキエル書』(9:4)参照.　**7 ban**＝curse.　**8 mind-forg'd manacles**　「心を縛る枷」。教会や国家など、個人の自由を圧迫する機構。　**9 cry**　"weep weep"という声。

Every blackning Church appalls, 10
And the hapless Soldier's sigh
Runs in blood down Palace walls.

But most thro' midnight streets I hear
How the youthful Harlot's curse
Blasts the new-born Infant's tear 15
And blights with plagues the Marriage hearse.

[38] The Human Abstract

Pity would be no more,
If we did not make somebody Poor:
And Mercy no more could be,
If all were as happy as we:

And mutual fear brings peace: 5
Till the selfish loves increase.

---

10 blackning=blackening. 「黒ずんでいる教会、世を暗くする教会」とは教会の建物が煤煙で汚れているだけでなく、教会が精神的にも堕落していること。**appalls**=horrifies; casts a funeral pall over. 'appall' の語には 'pall'(「棺衣」)が隠されている。**11 hapless**=unfortunate. **14 Harlot's**=Prostitute's. **15 Blasts**=Withers. **15-16** 疫病(=性病)は次世代に伝わるものである。**16**

黒ずみわたる教会をすさまじくし、
不幸な兵士のため息は
血潮となって、王宮の壁をつたう。

それにもまして深夜の街に私は聞く、
なんとも年若い娼婦の呪い声が
生まれたばかりの乳のみ児の涙を枯らし
結婚の柩車(きゅうしゃ)を疫病で台なしにするのを。

[38] 人 の 姿

だれかを貧しくさせないかぎり
憐(あわ)れみのあろうはずがない。
みんながわれらのように幸福だったら
慈悲のあろうはずはない。

そしてお互いの恐怖が平和をもたらし、
それでいよいよ自己愛がつのる。

---

blights＝ruins.
[38] 『無垢の歌』の「神の姿」と対照せよ。表題の'Human Abstract'とは、「人間性の概要」という意味。 abstract＝summary.
5 mutual fear brings peace 「お互いに相手を恐れることが平和な状態を保つ」。ブレイクは社会契約の次元で言っている。ルソーの『社会契約論』参照。 **6 selfish loves** 「土くれと小石」参照。

Then Cruelty knits a snare,
And spreads his baits with care.

He sits down with holy fears,
And waters the ground with tears:
Then Humility takes its root
Underneath his foot.

Soon spreads the dismal shade
Of Mystery over his head;
And the Catterpiller and Fly,
Feed on the Mystery.

And it bears the fruit of Deceit,
Ruddy and sweet to eat:
And the Raven his nest has made
In its thickest shade.

The Gods of the earth and sea,
Sought thro' Nature to find this Tree,
But their search was all in vain:

---

9 holy fears "The fear of the Lord is the beginning of wisdom:"
(『詩篇』111:10)参照。 **11 takes its root** 「根を張る」。 **13 dismal**＝gloomy, dreary. **14 Mystery** 'tree of Mystery' は道徳を意味する。 **15 Catterpiller and Fly** 聖職(priesthood)を表わす。Catterpiller＝Caterpillar.「地獄の格言」55番を参照。 **19 Raven** 不吉と死の鳥。

それから残虐が罠をしかけ、
注意深くおとりの餌を広げる。

残虐は聖なる恐怖をもって坐り、
涙で地面に水をやる。
すると謙遜が根づく
彼の足元で。

やがて神秘の暗い影が
残虐の頭上に広がる。
そして毛虫と蠅が
神秘を常食とする。

そしてそれは欺瞞という実を結ぶ、
赤らんで食べると美味いのを。
そして大鴉(おおがらす)が巣を作った、
その最も深い茂みのなかに。

地と海の神々は
自然界にこの木を見つけようとした。
だが彼らの探求はすべてむだであった。

There grows one in the Human Brain.

[39] Infant Sorrow

My mother groand! my father wept.
Into the dangerous world I leapt:
Helpless, naked, piping loud:
Like a fiend hid in a cloud.

Struggling in my father's hands:　　　　　　　　　5
Striving against my swadling bands:
Bound and weary I thought best
To sulk upon my mother's breast.

24　one='this Tree'(22 行目).
[39]『無垢の歌』の「「喜び」という名の幼な子」と対照せよ。**1 groand**＝groaned. **3　piping**『無垢の歌』の「序の歌」にある 'Piping' と比較せよ。**4　hid in a cloud**　雲は肉体の象徴。『無垢の歌』の「黒人の少年」参照。**5　Struggling**「もがきながら」。**6 swadling bands**「襁褓、おむつ」。拘束の象徴。swadle＝swad-

それは人間の頭脳のなかに生えている。

[39] 「悲しみ」という名の幼な子

母さんは呻(うめ)いた！　父さんは泣いた。
ぼくは危険な世界へとおどり出た。
たよりなく、裸で、かんだかく泣きながら
雲間に隠れた小鬼みたいに。

父さんの両手に抱かれてもがき、
おむつをはねのけようと蹴っても蹴っても、
縛られていて、疲れてくると
母さんの胸ですねているのが一番いいと思った。

---

dle＝swathe in wraps or warm garments.　8　**sulk**＝be sullen.

[40]　A Poison Tree

I was angry with my friend;
I told my wrath, my wrath did end.
I was angry with my foe:
I told it not, my wrath did grow.

And I waterd it in fears, 5
Night & morning with my tears:
And I sunned it with smiles,
And with soft deceitful wiles.

And it grew both day and night,
Till it bore an apple bright. 10
And my foe beheld it shine,
And he knew that it was mine.

And into my garden stole,
When the night had veild the pole;

---

[40]　「ノートブック」での最初の題は "Christian Forbearance" であった。正直に怒ることの大切さを説く。抑えつけられてしまうような「怒り」は本物でない。「地獄の格言」5番を参照。　**5　waterd**＝watered.　**8　wiles**＝cunning devices.　**10　apple**　ミルトンの『失楽園』(IX, 585)参照。　**14　veild**＝veiled.　**pole**　「極」。空の極、高い空。

[40] 毒の木

私は私の友人に怒った。
私が私の怒りを語ったら、私の怒りは終わった。
私は私の敵に怒った。
私がその怒りを語らなかったら、私の怒りは増大した。

そして私は恐怖のうちにそれに水をかけた、
夜も昼も私の涙で。
私はそれを微笑で日に当てた、
また柔らかな欺瞞の手練手管(てれんてくだ)で。

私の怒りは昼も夜も成長し、
やがて輝くりんごの実をつけた。
私の敵はそれが輝くのを見て、
彼はそれが私のものであることを知った。

そして私の庭に忍び込んだ、
夜が天空を覆ったときに。

In the morning glad I see, 15
My foe outstretchd beneath the tree.

[41]　A Little Boy Lost

Nought loves another as itself
Nor venerates another so.
Nor is it possible to Thought
A greater than itself to know:

And Father, how can I love you, 5
Or any of my brothers more?
I love you like the little bird
That picks up crumbs around the door.

The Priest sat by and heard the child,
In trembling zeal he siez'd his hair: 10
He led him by his little coat:

---

15 glad 副詞的用法。**see** 本来は'saw'。押韻のため。**16 outstretchd**＝outstretched＝stretched out(「手足を伸ばし広げて倒れる」)。
[41] 『無垢の歌』の「失われた少年」と対照せよ。イングランドにおいて、異端に対する火刑の最後は1612年であったが、子どもたちは罪に対する罰として火刑にされる恐怖を抱いていた。**1 Nought**＝

朝になって私が見たらうれしいことに
私の敵はその木の下で伸びていた。

［41］ 一人の失われた少年

「自分を愛するように他を愛する者はいませんし、
そのように他を敬う者もいません。
また思想が自分よりも偉大な思想を
知ることはできません。

父さん、どうしてぼくは自分以上にあなたを
また兄弟のだれかを愛することができるでしょうか。
ぼくはあなたを愛しています、
戸口でパン屑を拾っている小鳥を愛するくらいには」

そばにいた司祭が子どもの言うことを聞いて、
感情の高ぶるあまり身体を震わせて子どもの髪をつかみ、
小さな上着をひっぱって連れていった。

Nothing.『ルカによる福音書』(10:27)参照。 **2 venerates**＝looks upon with feelings of reverence and awe. **3-4** 普通の語順にすると、It is not possible to Thought to know a greater (Thought) than itself となる。 **10 In trembling zeal** 'zeal' は宗教的熱狂を表わす。 **siez'd**＝seized.

And all admir'd the Priestly care.

And standing on the altar high,
Lo what a fiend is here! said he:
One who sets reason up for judge   15
Of our most holy Mystery.

The weeping child could not be heard,
The weeping parents wept in vain:
They strip'd him to his little shirt,
And bound him in an iron chain.   20

And burn'd him in a holy place,
Where many had been burn'd before:
The weeping parents wept in vain.
Are such things done on Albion's shore?

---

15 sets reason up for judge　「理性で判断しようとする」「理性を押し立てて審判者とする」。　**16 most holy Mystery**　理性のみでは判断できない神秘。　**24 Albion's**＝Britain's. 'Albion' は 'England' の古名で、南部海岸の白亜質の絶壁から出た名。

そこにいたみんなは司祭らしい処置を称賛した。

そして高い説教壇に立ち、司祭はこう言った。
「見よ！　ここに悪魔がいる。
理性を審判者にして
われらの最も聖なる神秘を裁く者が」

子どもは泣いても訴えは聞いてもらえず、
両親が泣いてもむだであった。
彼らは子どもを小さなシャツ一枚にし、
鉄の鎖で縛りあげた。

そして少年を聖なる場所で焼き殺した、
そこは多くの者がこれまで焼き殺された場所。
両親が泣き叫んでもむだであった。
こんなことがアルビヨンの岸辺で今でも行なわれているのか。

[42] A Little Girl Lost

Children of the future Age,
Reading this indignant page ;
Know that in a former time,
Love ! sweet Love ! was thought a crime.

In the Age of Gold,
Free from winter's cold :
Youth and maiden bright,
To the holy light,
Naked in the sunny beams delight.   5

Once a youthful pair
Fill'd with softest care ;
Met in garden bright,
Where the holy light,
Had just removd the curtains of the night.   10

---

[42]「失われた少女」(元は『無垢の歌』に所収)と対照せよ。 **1 Age of Gold** 過去の想像上の「無垢と幸福の時代」。 **7 softest care**「とてもやさしい心」。 **10 removd**＝removed.

[42] 一人の失われた少女

　　　未来の子どもたちよ、
　　　この憤りの頁を読み
　　　過去の時代には、愛、甘美な愛が
　　　罪と考えられていたことを知れ。

黄金の時代に
冬の寒さから解き放たれ、
輝く若者と乙女は
聖なる光を浴びて、
裸で日に照らされて歓(よろこ)んだ。

かつてうら若い二人は
とても柔らかな心づかいに満たされて、
輝く園で会った、
そこは聖なる光が
ちょうど夜の帳(とばり)を取り払ったところ。

There in rising day,
On the grass they play:
Parents were afar:
Strangers came not near:
And the maiden soon forgot her fear. 15

Tired with kisses sweet
They agree to meet,
When the silent sleep
Waves o'er heaven's deep;
And the weary tired wanderers weep. 20

To her father white
Came the maiden bright:
But his loving look,
Like the holy book,
All her tender limbs with terror shook. 25

Ona! pale and weak!
To thy father speak:
O the trembling fear!

---

12 play 本来は 'played'。押韻のため。 **24 holy book**「聖書」。 **26 Ona** 恋をした乙女の名前。E. スペンサーの『妖精女王』第Ⅰ巻に登場する 'Una' から採用したと思われる。'Una' はただ一つなるもの、すなわち真理を象徴する女性。

そこで、日が昇ると
草の上で二人は遊んだ。
親たちは遠くにいて、
見知らぬ人は近づかなかったし、
乙女はやがて恐れを忘れた。

甘い口づけにも飽きて、
二人はまた会う約束をする、
静かな眠りが
天の深み一面に波うち、
疲れはて厭(あ)きた放浪者たちが泣くときに。

白髪の父のところに
輝く乙女はやって来た。
だが父の愛情深いまなざしは
神聖な書物のようで、
彼女のか弱い四肢は恐怖で震えた。

「オウナ！　青ざめて弱っているな！
おまえの父に話しなさい。
おお、その震える恐怖よ！

O the dismal care!
That shakes the blossoms of my hoary hair. 30

[43] To Tirzah

Whate'er is Born of Mortal Birth,
Must be consumed with the Earth
To rise from Generation free:
Then what have I to do with thee?

The Sexes sprung from Shame & Pride 5
Blowd in the morn; in evening died;
But Mercy changd Death into Sleep;
The Sexes rose to work & weep.

Thou Mother of my Mortal part,
With cruelty didst mould my Heart. 10
And with false self-decieving tears,

---

[43] **表題** 'Tirzah' は "Thou art beautiful, O, my love, as Tirzah, comely as Jerusalem, terrible as an army with banners."(『雅歌』6:4)から出た名前。 2 **consumed with the Earth** 死は「堕落」(the Fall)の結果の一つである。アダムは「土から取られたのだから土に帰り、塵だから塵に帰る」。 3 **Generation** 「生成の世界」。 4 **what have I...thee?** カナの婚礼でのイエスの母への言葉。

おお、その暗い心配よ！
私の白髪の花を揺さぶるものよ」

[43] テルザに

死すべき身より生まれたものは何であれ
生成の世界から立ち上がって自由になるためには
この大地とともに消滅しなければならない。
そのとき、私は汝(なんじ)とどんな関わりがあろうか。

両性は恥と誇りとから生じ、
朝に花咲き、夕べに死んだ。
だが、慈悲が死を眠りに変え、
両性は立ち上がって労働し、苦しみに泣く。

私の死すべき部分の母である汝は
残虐をもって私の心臓を造型し、
自己を欺く偽りの涙をもって

『ヨハネによる福音書』(2:4)参照。ここでは話し手はテルザに呼びかけている。 5 **Sexes**「男と女」。 5-8 『創世記』のアダムとイヴの堕落の要約。 6 **Blowd**＝Blowed＝Bloomed. 8 男は労働し、女は子を産む(labour)。『創世記』(3:16および3:19)参照。 9 **Mother of my Mortal part** 「私の肉体をつくった母なる自然(＝テルザ)」。 10 **mould**＝frame. 11 **self-decieving**＝self-deceiving.

Didst bind my Nostrils, Eyes & Ears.

Didst close my Tongue in senseless clay
And me to Mortal Life betray :
The Death of Jesus set me free. 15
Then what have I to do with thee ?

[44]   The School Boy

I love to rise in a summer morn,
When the birds sing on every tree ;
The distant huntsman winds his horn,
And the sky-lark sings with me.
O ! what sweet company. 5

But to go to school in a summer morn,
O ! it drives all joy away ;
Under a cruel eye outworn,

13　close...in 「～に閉じ込める」。 senseless clay＝blind flesh.
15　Death of Jesus　人類の罪を贖って、十字架にかかったイエスの死。 "For Blake, Jesus sets us free not because he atoned our sins but because he inspires us through his exemplary act of self-sacrifice."(Grant, p. 59)
[44]　最初この詩は『無垢の歌』に入れられていたが、後に『経験の

私の鼻、眼、耳を縛った。

私の舌を非情な土に閉じ込め、
私を裏切って死すべき生命(いのち)に渡したが、
イエスの死が私を自由にした。
そのとき、私は汝とどんな関わりがあろうか。

[44] 小 学 生

夏の朝に起きるのは好きだ、
鳥は木々で歌い、
遠くで狩人(かりゅうど)が角笛を吹き、
ひばりはぼくといっしょに歌う。
おお！　なんとすてきな仲間。

だけど、夏の朝に学校へ行くことは
おお！　喜びがみんな追いやられる。
疲れ切った先生の意地悪い眼の下で、

歌』に移された。ブレイクの18世紀英国の教育への批判の詩である。1825年にブレイクに会ったC. ロビンソンの日記には、「ブレイクは想像力と芸術の修練によらないどんな教育も認めなかった」と記されている。　8　"Either 'under the cruel eye of a worn-out man' or 'worn out by having to sit under a cruel eye'."(Kennedy, p. 192) **cruel eye**　「教師の恐ろしい眼」。　**outworn**＝worn out.

The little ones spend the day,
In sighing and dismay.

Ah! then at times I drooping sit,
And spend many an anxious hour,
Nor in my book can I take delight,
Nor sit in learning's bower,
Worn thro' with the dreary shower.

How can the bird that is born for joy,
Sit in a cage and sing?
How can a child when fears annoy,
But droop his tender wing,
And forget his youthful spring?

O! father & mother, if buds are nip'd,
And blossoms blown away,
And if the tender plants are strip'd
Of their joy in the springing day,
By sorrow and care's dismay,

---

11 drooping＞droop=bend downwards through tiredness. **14 learning's bower** 学校のこと。 **15 Worn thro'**＞Wear through (「〔衣服を〕着古して穴をあける、〔靴を〕すり減らす」). **17 cage** 教室のこと。 **18 annoy**=hurt, harm. **21 buds** 子どもを植物に譬えている。 **22 blown away**＞blow away(「吹き飛ばす」). **24 springing**＞spring(「(植物が)芽を出す」).

子どもたちは一日じゅう
ため息をつき、まごまごする。

ああ！　そんな時ぼくはうなだれて坐り、
何時間も落ち着かなく過ごす、
本もおもしろくないし、
学舎(まなびや)に坐ってもいられない、
わびしい雨に濡れそぼったように。

喜びのために生まれた鳥が
籠(かご)に閉じ込められてどうして歌えよう。
子どもが恐怖にわずらわされるとき、
そのか弱い翼を垂れ、
若い春を忘れることができようか。

おお！　父さん母さん、蕾(つぼみ)が摘み取られ
花が吹き飛ばされたら、
悲しみや心配でうろたえて、
か弱い草木が芽を出す日に
その喜びを奪われてしまったなら、

How shall the summer arise in joy,
Or the summer fruits appear?
Or how shall we gather what griefs destroy,
Or bless the mellowing year,
When the blasts of winter appear? 30

[45] The Voice of the Ancient Bard

Youth of delight come hither,
And see the opening morn,
Image of truth new born.
Doubt is fled & clouds of reason,
Dark disputes & artful teazing. 5
Folly is an endless maze.
Tangled roots perplex her ways.
How many have fallen there!
They stumble all night over bones of the dead:
And feel they know not what but care: 10

---

29 **mellowing**＝ripening.
[45] この詩は『無垢の歌』の最後に書かれたもので、後に『経験の歌』に付け加えられたが、『無垢の歌』に入れられることも多い。 2 **opening morn**＝beginning of morning。 3 **Image of truth** 太陽は真理の象徴。 4 **clouds of reason** 理性は心を曇らす雲。 5 **teazing**＝teasing。 7 **her**＝Folly's。 9 **bones of the dead**「死

どうして夏が喜びのなかで立ち上がり、
夏の果実が姿を見せることができようか。
どうして悲痛が滅ぼすものを集め、
熟する年を祝福できようか、
冬の強い風が吹きつのるときに。

［45］ 古(いにしえ)の詩人の声

歓喜の青春よ、こちらに来(きた)れ、
そして明け行く朝を見よ、
新しく生まれた真理の姿を。
疑惑は退散し、理性の雲や
暗い論争と手のこんだ意地悪も退散した。
愚考は終わりのない迷路で、
絡(から)まる根が愚考の道を悩ます。
どれほど多くの人がそこで倒れたことか！
彼らは夜もすがら死者の骨につまずき、
心労のほかは何も知らないと感じ、

者の骨」とは、過去の道徳律のこと。「地獄の格言」2番を参照。『マタイによる福音書』(23：27)、『ヨハネによる福音書』(11：9-10)、『ヨハネの手紙1』(2：10-11)等も参照。 **10** "Their feelings are confused : all they are sure of is that they are unhappy."(Kennedy, p. 193). 'care' は名詞で、「心労」の意。

And wish to lead others when they should be led.

[45] 古の詩人の声　153

彼らこそが導かれねばならないのに、他人を導こうと願う。

「古の詩人の声」

II

〈『セルの書』〉
The Book of Thel

[46]　The Book of Thel

THEL'S Motto

Does the Eagle know what is in the pit?
Or wilt thou go ask the Mole?
Can Wisdom be put in a silver rod?
Or Love in a golden bowl?

I

The daughters of Mne Seraphim led round their
　　　　　　　　　　　　　　　　sunny flocks,
All but the youngest: she in paleness sought the
　　　　　　　　　　　　　　　　secret air,
To fade away like morning beauty from her
　　　　　　　　　　　　　　　　mortal day:
Down by the river of Adona her soft voice is
　　　　　　　　　　　　　　　　heard,

---

[46]　**題辞　silver rod**　『イザヤ書』(11:1)、『詩篇』(74:2)参照。**golden bowl**　"Or ever the silver cord be loosed, or the golden bowl be broken, or the pitcher be broken at the fountain, or the wheel broken at the cistern. Then shall the dust return to the earth as it was: and the spirit shall return unto God who gave it." (『コヘレトの言葉〔伝道の書〕』12:6-7)参照。　**1　Mne Sera-**

[46] セルの書

セルの題辞

鷲(わし)は地の穴に何があるのか知っているか。
それとも汝(なんじ)はもぐらの所に行って尋ねるか。
知恵は銀の杖に納められるか。
愛は金の鉢に盛られるか。

(一)

セラフィムの娘たちは輝く羊の群れをあちこち
　　　　　　　　　　　　　引き回したが、
ただ末娘だけは顔色青ざめ、ひそかな空を
　　　　　　　　　　　　　　　求め、
死すべき日を免れて、美しい朝のように消えることを
　　　　　　　　　　　　　　　　　　　願う。
アドナの川の岸辺に彼女のやさしい声が
　　　　　　　　　　　聞こえ、

---

phim = Bne Seraphim (the sons of Seraphim, guiding intelligences of the planet Venus, angels of love). コルネリウス・アグリッパの *The Three Books of Occult Philosophy* (英訳、1651年)に出てくる 'spirit'。 **led round** > lead round (「引き回す」). **4 river of Adona** 'Adona' はアドニス(Adonis)からとられた。E. スペンサーの『妖精女王』(III, vi, 46)やミルトンの『失楽園』(I, 450-452)参照。

And thus her gentle lamentation falls like morning
dew: 5

O life of this our spring! why fades the lotus of the
water?
Why fade these children of the spring, born but to
smile & fall?
Ah! Thel is like a watry bow, and like a parting
cloud;
Like a reflection in a glass; like shadows in the
water;
Like dreams of infants, like a smile upon an
infants face; 10
Like the doves voice; like transient day; like
music in the air.
Ah! gentle may I lay me down, and gentle rest my
head,
And gentle sleep the sleep of death, and gentle hear
the voice
Of him that walketh in the garden in the evening
time.

---

6 this our spring=this spring of ours. **7 children of the spring**=flowers of the spring. **8 watry bow**=watery bow. 虹のこと。**parting cloud**「去る雲、別れていく雲」。**9 shadows in the water**『ヨブ記』(14:2)参照。**10 infants**=infant's. **11 doves**=dove's. **transient day**「束の間の日の光」。**12 gentle** 二つとも副詞的な用法で gently の意。13行目の gentle も同じ。**lay**

このように彼女の静かな嘆きは朝露のごとく
　　　　　　　　　　　　　続く。

「私たちの春の生命(いのち)よ！　なぜ睡蓮(すいれん)は
　　　　　　　　　　しぼむの？
なぜこれらの春の子どもたちはしぼむの、生まれるのは
　　　　　　　　　　　ただ微笑んで散るためなの？
ああ！　セルは虹のよう、別れていく
　　　　　　　　　　雲のよう、
鏡の映像のよう、水に映る
　　　　　　　　影のよう、
幼な子の夢のよう、その顔の
　　　　　　　　笑(ほほえ)みのよう、
鳩の声のよう、束の間の日光のよう、空中の音楽の
　　　　　　　　　　　　　ようだわ。
ああ！　私は静かに身を横たえ、静かに頭を
　　　　　　　　　　　　休ませ、
静かに死の眠りにつき、静かに
　　　　　　　　　聞こう、
夕暮に園を歩く神の
　　　　声を」

────────
me down　ミルトンの『失楽園』(X, 777)の "how glad would lay me down / As many mother's lap?" 参照。堕落後のアダムの精神状態とセルのそれとはかなり類似点がある。　**14　him that walketh in the garden**　『創世記』(3:8)および『経験の歌』の「序の歌」の 4-5 行目の注参照。　walketh＝walks.

The Lilly of the valley, breathing in the humble grass, 15
Answer'd the lovely maid and said; I am a watry weed,
And I am very small, and love to dwell in lowly vales;
So weak, the gilded butterfly scarce perches on my head.
Yet I am visited from heaven, and he that smiles on all
Walks in the valley, and each morn over me spreads his hand, 20
Saying, Rejoice thou humble grass, thou new-born lilly flower,
Thou gentle maid of silent valleys and of modest brooks:
For thou shalt be clothed in light, and fed with morning manna,
Till summer's heat melts thee beside the fountains and the springs

---

15 Lilly of the valley 「谷間の百合、鈴蘭」。"I am the rose of Sharon, and the lily of the valleys."(『雅歌』2:1)参照。Lilly=Lily. **16 watry weed**=watery weed(「水辺の草」). **18 So weak**=So weak that... **gilded butterfly** "gilded butterflies"(シェイクスピア『リア王』V, iii, 13)参照。 **21-25 Rejoice...vales** 百合との出あいについては『マタイによる福音書』(6:28-33)参照。 **23**

谷間の百合は慎ましい草の間で
　　　　　　　　　　息をしながら、
愛らしい乙女に答えて言った。「私は
　　　　　　　　　　　　　川辺の草、
とても小さくて、低い谷間に住むのが
　　　　　　　　　　　　　　好きです。
とても弱いので金色の蝶もめったに私の頭には
　　　　　　　　　　　　　　　　止まれません。
だけど、私は天から訪れを受け、すべてに微笑む
　　　　　　　　　　　　　　　　　　　　神は
この谷間を歩き、毎朝、私の上に手を広げて、
　　　　　　　　　　　　　　こうおっしゃいます。
「喜びなさい、汝、謙虚な草よ、生まれたての
　　　　　　　　　　　　　　　百合の花よ、
汝、静かな谷間と淑やかな小川の優しい
　　　　　　　　　　　　　　乙女よ。
というのは汝は光の装いをさせられ、朝のマナで
　　　　　　　　　　　　　　育てられるでしょう、
夏の灼熱が泉や湧き水のかたわらで
　　　　　　　　　　　　汝を溶かし、

---

manna　「マナ」。イスラエル人がエジプト脱出後に荒野で神から与えられた食べ物。『出エジプト記』(16：14-36)参照。　**24　melts**＞melt＝dwindle or fade away.

To flourish in eternal vales. Then why should Thel
                                         complain? 25
Why should the mistress of the vales of Har, utter
                                         a sigh?

She ceas'd & smil'd in tears, then sat down in her
                                         silver shrine.

Thel answer'd: O thou little virgin of the peaceful
                                         valley,
Giving to those that cannot crave, the voiceless,
                                         the o'ertired;
Thy breath doth nourish the innocent lamb, he
                                         smells thy milky garments, 30
He crops thy flowers, while thou sittest smiling in
                                         his face,
Wiping his mild and meekin mouth from all conta-
                                         gious taints.
Thy wine doth purify the golden honey; thy per-
                                         fume,
Which thou dost scatter on every little blade of

---

25 To flourish in eternal vales 「永遠の谷間で繁栄する」、つまり「死んで永遠の世界に甦る」。 **26 vales of Har**＝world of the unborn, a place of innocence and simplicity. **27 shrine**＝that in which something dwells. **32 meekin**＝meeking＝meek. **contagious** 「伝染する、毒ある」。 **taints**＞taint＝decay or infection.

永遠の谷間で繁栄するまでは」と。それなのになぜ
嘆くのですか？
なぜハルの谷間の姫君はため息をもらすの
ですか？」

花は言い終わり、涙ぐんで微笑み、白銀(しろがね)の社(やしろ)に
坐った。

セルは答えた。「おお汝、平和な谷間の小さな
処女よ、
懇願することもできない者、物言わぬ者、疲れた者に
施しをする処女よ。
おまえの息吹は無心の子羊を養い、子羊はおまえの
乳白色の衣を嗅ぎ、
おまえが彼の目の前に微笑んで坐っているとおまえの
花を食べ、
彼の優しく柔和な唇から毒ある汚れを
拭い去ってやる。
おまえのうま酒は黄金色(こがねいろ)の蜂蜜を清め、おまえの
香りは
萌(も)え出る小さな草の葉の上に

grass that springs,
Revives the milked cow, & tames the fire-
breathing steed. 35
But Thel is like a faint cloud kindled at the rising
sun:
I vanish from my pearly throne, and who shall find
my place?

Queen of the vales, the Lilly answer'd, ask the
tender cloud,
And it shall tell thee why it glitters in the morning
sky,
And why it scatters its bright beauty thro' the
humid air. 40
Descend, O little cloud, & hover before the eyes of
Thel.

The Cloud descended, and the Lilly bow'd her
modest head
And went to mind her numerous charge among the
verdant grass.

---

35 milked cow「乳牛」。**fire-breathing steed**「火を吐くような猛々しい馬」。 **36 kindled at the rising sun**「日の出に輝く」。
38 Queen of the vales 26行目に "mistress of the vales of Har" とある。 **43 mind her numerous charge**＝attend to her many duties.

　　　　　撒(ま)き散らされると、
乳をしぼられた牝牛を元気づけ、火を吐く暴れ馬をも
　　　　　　　　　　　　　　　　　　馴らす。
でもセルは朝日に染められた薄雲のように
　　　　　　　　　　　　　　はかなくて、
私が真珠色の玉座から消えれば、だれが私の場所を
　　　　　　　　　　　　　　見つけましょう？」

「谷間の姫君よ」と百合は答えた。「やさしい雲に
　　　　　　　　　　　　　　　　尋ねなさい、
雲は教えてくれるでしょう、なぜ雲が朝の空に
　　　　　　　　　　　　　　　　輝いて、
なぜしめっぽい空気の中にその華やかな美しさを
　　　　　　　　　　　　　　撒き散らすのかを。
降りて来なさい、おお小さな雲よ、セルの目の前を
　　　　　　　　　　　　　　漂っていなさい」

雲は降りてきた。百合は淑やかな
　　　　　　　　　　　　　頭を下げ、
緑の草間で数々の勤めにいそしむために
　　　　　　　　　　　戻っていった。

II

O little Cloud, the virgin said, I charge thee tell to me
Why thou complainest not when in one hour thou fade away: 45
Then we shall seek thee, but not find. Ah! Thel is like to thee:
I pass away: yet I complain, and no one hears my voice.

The Cloud then shew'd his golden head & his bright form emerg'd,
Hovering and glittering on the air before the face of Thel.

O virgin, know'st thou not our steeds drink of the golden springs 50
Where Luvah doth renew his horses? Look'st thou on my youth,

---

44 charge=command.　**45 in one hour**「一時間で、たちまち」。　**46 we shall seek thee, but not find**=if we seek you, we shall not find you.　**48 shew'd**=shewed=showed.　**51 Luvah** ブレイクの「預言書」の重要な人物「愛の王子」であるが、この段階では単なる名前。　**renew**=restore to its original state.　**his horses** 黄金の泉で水を飲む馬は、太陽神アポロンの戦車を引く馬を暗示。

（二）

「おお小さな雲よ」と処女は言った。「どうか教えて
　　　　　　　　　　　　　　　　　下さい、
あなたは一時間で消えてなくなるのに、なぜ嘆かないの
　　　　　　　　　　　　　　　　　　　ですか。
捜しても見つからないのに。ああ、セルもあなたと
　　　　　　　　　　　　　　　　同じです。
私は消えます。でも私は嘆いていますのに、だれも私の
　　　　　　　　　　　　　声を聞いてくれません」

雲は金髪の頭を見せ、次に輝かしい身体を
　　　　　　　　　　　　　　　現わした、
セルの面前で空中に漂い、きらきらと
　　　　　　　　　　　輝きながら。

「おお処女よ、あなたは知らないのですか、
　　　　　　　　　私たちの馬が水を飲むのは
ルーヴァが馬を回復させる黄金の泉からなのを？
　　　　　　　　　　　　　私の若さを見て

And fearest thou, because I vanish and am seen no more,
Nothing remains? O maid, I tell thee, when I pass away,
It is to tenfold life, to love, to peace and raptures holy:
Unseen descending, weigh my light wings upon balmy flowers, 55
And court the fair-eyed dew to take me to her shining tent:
The weeping virgin, trembling kneels before the risen sun,
Till we arise link'd in a golden band and never part,
But walk united, bearing food to all our tender flowers.

Dost thou, O little Cloud? I fear that I am not like thee, 60
For I walk through the vales of Har, and smell the sweetest flowers,

---

53-59 "Blake's ingenious personification has water-vapour turning to dew and re-evaporating in the morning to descend as refreshing rain."(Mason, p.548). **54 It**＝My passing away. **tenfold life**「十倍の生命」とは、「恒久無限の生命」を意味する。 **55 weigh**＝pull or bring down. **56 tent**『無垢の歌』の「黒人の少年」20行目の注参照。 **58 link'd in a golden band**「結合し、

本の豆知識

● 奥付 ●
江戸時代からある日本独自の書誌情報ページ

書物の終わりにつける，著者・著作権者・発行者・印刷者の氏名，発行年月日，定価などを記載した部分です．江戸時代に出版取締りのため法制化，明治には出版法により検印とともに義務付けられましたが，戦後同法の廃止により，現在は慣行として継承されています．

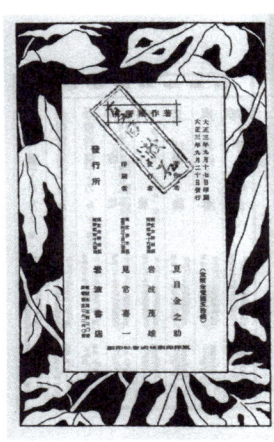

夏目漱石『こゝろ』(1914年(大正3)9/20刊)の奥付．
検印，模様とも漱石が自分で描いたもの．

岩波書店
https://www.iwanami.co.jp/

[46] セルの書

心配しますか。私が消えて見えなく
　　　　　　　　　　　なってしまい、
何も残らないのを。おお乙女よ、いいですか、
　　　　　　　　　　　　　　私が消えるとき
それは十倍の生命(いのち)に、愛に、平和に、聖なる歓喜に
　　　　　　　　　　　　　　　　変わるのです。
眼に見えずに降りてきて、芳(かぐわ)しい花の上に
　　　　　　　　　　　軽やかな翼を広げ、
美しい眼をした露に求愛し、その輝く天幕に入れて
　　　　　　　　　　　　　　　もらいます。
涙を流す処女は、震えながら朝日のまえに
　　　　　　　　　　　ひざまずき、
やがて私たちは結合し、黄金の一団となって起き上がり、
　　　　　　　　　　　　　　　決して離れず、
結ばれて歩き、やさしい花のところに食べ物を
　　　　　　　　　　　運びます」

「小さな雲よ、あなたがそんなことを？　私はあなたとは
　　　　　　　　　　　　　　　違うらしい、
というのは私はハルの谷間を歩いて、とても甘美な
　　　　　　　　　　　花の香りを嗅ぐけれども、

黄金の一団となって」。

But I feed not the little flowers; I hear the warbling birds,
But I feed not the warbling birds; they fly and seek their food;
But Thel delights in these no more, because I fade away;
And all shall say, Without a use this shining woman liv'd, 65
Or did she only live to be at death the food of worms?

The Cloud reclin'd upon his airy throne and answer'd thus.

Then if thou art the food of worms, O virgin of the skies,
How great thy use, how great thy blessing! Every thing that lives
Lives not alone nor for itself. Fear not and I will call 70
The weak worm from its lowly bed, and thou shalt

---

66 did she ... the food of worms? "How much less man, that is a worm? and the son of man, which is a worm?"(『ヨブ記』25:6) 参照。

小さな花を養ってはあげません。私は囀(さえず)る鳥の声を
　　　　　　　　　　　　　　　　聞くけれども
それらの鳥を養ってはあげません。鳥たちは自分で飛んで
　　　　　　　　　　　　　　　　餌を探してきます。
だけど私セルにはこうした喜びもなくなるのです、なぜって
　　　　　　　　　　　　　　　　私は消えていくのですから。
そしたらみんなが言うでしょう。「あの輝かしい女は
　　　　　　　　　　何の役にも立たずに生きたのか、
それとも死んで虫の餌になるためだけに
　　　　　　　　　　生きたのか」と」

雲は空の台座に寄りかかって
　　　　　　　　　　こう答えた。

「あなたが虫の餌になるなら、おお空の
　　　　　　　　　　　　　　処女よ、
あなたの役立ち、あなたの祝福は、なんと大きな
　　　　　　　　　　ことでしょう。生けるものはすべて
ただひとり、また自分のためだけに生きているのでは
　　　　　　　　　　　　ないのです。心配はありません。私が
地の下からか弱い虫を呼んであげますから、虫の言うことを

                                                    hear its voice.
Come forth, worm of the silent valley, to thy
                                                    pensive queen.

The helpless worm arose, and sat upon the Lilly's
                                                    leaf,
And the bright Cloud sail'd on, to find his partner
                                                    in the vale.

                        III

Then Thel astonish'd view'd the Worm upon its
                                                    dewy bed. 75

Art thou a Worm? Image of weakness, art thou
                                                    but a Worm?
I see thee like an infant wrapped in the Lilly's leaf.
Ah! weep not, little voice, thou canst not speak,
                                                    but thou canst weep.
Is this a Worm? I see thee lay helpless & naked,
                                                    weeping,

---

74 his partner「連れ合い」。 **75 astonish'd**＝being astonished
(「驚いて」)。 **77 I see ... in the Lilly's leaf** おしめをしている
幼な子イエスの姿が想起される。百合は聖母マリアの持ち物である。
78 little voice 虫の声。 **canst**《古》＝can.

　　　　　　　　　　　　　　　聞きなさい。
出ておいで、ひそかな谷間の虫よ、思いに沈む
　　　　　　　　　　　姫君のところに」

か弱い虫は立ち上がり、百合の葉に
　　　　　　　　　　　　　坐り、
輝く雲は谷間に連れ合いを探しに飛んで
　　　　　　　　　　　行った。

　　　　　（三）
そこでセルは驚いて露を帯びた茵(しとね)の上の
　　　　　　　　　　虫を見た。

「おまえが虫なの？　か弱きものの似姿よ、おまえは
　　　　　　　　　　　　　ただの虫なの？
百合の葉に包まれて、赤ん坊のようなおまえが見える。
ああ、泣かないで、小さな声よ、おまえはものが
　　　　　　　　　言えなくて、泣くだけなのね。
これが虫なの？　よるべなく裸で泣きながら
　　　　　　　　　　　　寝ていて、

And none to answer, none to cherish thee with
         mothers smiles. 80

The Clod of Clay heard the Worm's voice, & rais'd
         her pitying head:
She bow'd over the weeping infant, and her life
         exhal'd
In milky fondness: then on Thel she fix'd her
         humble eyes.

O beauty of the vales of Har, we live not for
         ourselves.
Thou seest me the meanest thing, and so I am
         indeed. 85
My bosom of itself is cold, and of itself is dark;
But he, that loves the lowly, pours his oil upon my
         head,
And kisses me, and binds his nuptial bands around
         my breast,
And says: Thou mother of my children, I have
         loved thee,

---

80 **mothers**=mother's。 81 **Clod of Clay** 'mortality' の象徴。 82 **weeping infant**=the Worm。 82-83 **her life exhal'd / In milky fondness**=exhaled her life in milky fondness(「乳白色の慈しみのなかでおのれの命を吐き出した」)。 exhale=breathe out。 85 **the meanest thing** 'me' と同格。 **so I am**=I am the meanest thing。 87 **oil** 「香油」。 88 **nuptial bands** 「婚礼の(結婚の)帯」。

[46] セルの書

答えてくれる者も、母親らしい笑みで可愛がってくれる
　　　　　　　　　　　　　　人もいないなんて」

土くれは虫の声を聞いて、その情け深い頭を
　　　　　　　　　　　　　もたげた。
泣いている幼な子の上に身をかがめ、乳白色の
　　　　　　　　　　　　慈(いつく)しみのなかで
おのれの命を吐き出し、控えめな目つきでセルを
　　　　　　　　　　　　　じっと眺めた。

「おお、ハルの谷間の美しい人よ、私たちは自分一人の
　　　　　　　　　　　　力で生きてはいません。
見ておわかりのように私は最も卑(いや)しい者で、実際その通り
　　　　　　　　　　　　　　なのです。
私の胸はもともと冷たく、もともと暗いのです。
だが、低い者をも愛するお方は、私の頭にも
　　　　　　　　　　　　香油を注(そそ)ぎ、
私に接吻し、私の胸のまわりに結婚の帯を結び、
　　　　　　　　　　　　こうおっしゃいます。
「汝、私の子どもたちの母よ、私は
　　　　　　汝を愛し

And I have given thee a crown that none can take away. 90
But how this is, sweet maid, I know not, and I cannot know;
I ponder, and I cannot ponder; yet I live and love.

The daughter of beauty wip'd her pitying tears with her white veil,
And said: Alas! I knew not this, and therefore did I weep:
That God would love a Worm I knew, and punish the evil foot 95
That wilful bruis'd its helpless form; but that he cherish'd it
With milk and oil I never knew, and therefore did I weep;
And I complain'd in the mild air, because I fade away,
And lay me down in thy cold bed, and leave my shining lot.

---

92 ponder=think something over thoroughly. **93 of beauty**=beautiful. **96 wilful** 副詞的用法。 **96-97 that he cherish'd ...and oil** 神が虫に乳を与え、香油を注いで、育てたこと。 **99 leave**=abandon, desert. **shining**=glorious.

だれも奪うことのできない王冠を汝に
　　　　　　　　　　　与えた」と。
しかし、美しい乙女よ、どうしてそうなのか、私は
　　　　　　　知らないし、知り得ないのです。
よく考えてもわからないのです。だけど、私は生き、
　　　　　　　　　　　また愛しています」

美しい娘は白いヴェールで憐れみの涙をふき、
　　　　　　　　　　　こう言った。
「ああ！　私はこのことを知らなかったために、
　　　　　　　　　　泣いていたのでした。
神さまは虫けらをも愛していて、その無力な
　　　　　　　　　　　　　　　身体を
わざと踏みつぶす悪者の足を罰することは知っていました。
　　　　　　　　　　　　　でも神さまが
乳や香油で虫を育てていたことを知らなかったために、
　　　　　　　　　私は泣いていたのでした。
そして和やかな大気のなかで不平を言っていたのでした、
　　　　　　　　　　　私の身は消え失せて、
おまえの冷たい床に身を横たえ、私の輝かしい
　　　　　　　運命を捨てるからと言って」

Queen of the vales, the matron Clay answerd, I heard thy sighs, 100
And all thy moans flew o'er my roof, but I have call'd them down.
Wilt thou, O Queen, enter my house? 'Tis given thee to enter
And to return: fear nothing, enter with thy virgin feet.

IV

The eternal gates' terrific porter lifted the northern bar:
Thel enter'd in & saw the secrets of the land unknown. 105
She saw the couches of the dead, & where the fibrous roots
Of every heart on earth infixes deep its restless twists:
A land of sorrows & of tears where never smile

---

100 matron Clay「母なる土くれ」。**101 have call'd them down**「それらに降りてくるよう言った」。**102 'Tis given thee**＝It is given you＝You are free. **104 terrific porter** ネオ・プラトニズムでは冥界の神「プルート」。E. スペンサーの『妖精女王』(III, vi, 31)ではアドニスの庭の門番。ブレイクの「預言書」の体系では「ロス」。ブレイクの『ミルトン』(26：16-18行目)参照。**northern**

「谷間の姫君よ」と母なる土くれが言った。「私は
　　　　　　　あなたのため息を聞きました。
あなたの呻(うめ)きは私の屋根の上を飛んでいきましたが、私は
　　　　　　　それらに降りてくるように言いました。
おお姫君、私の家にお入りになりませんか。入るも帰るも
　　　　　　　あなたの自由です。
何も恐がることはありません。あなたの汚(けが)れのない足で
　　　　　　　お入りなさい」

　　　　　　　　(四)
永遠の門の恐ろしい門番が北の門(かんぬき)を
　　　　　　　持ち上げた。
セルは中に入り、未知の国の秘密を
　　　　　　　見た。
彼女は死人の床(とこ)を見、そこに地上の死者のあらゆる心臓の
　　　　　　　繊維状の根が
絶えずよじれて地中深くに張っているのを
　　　　　　　見た。
そこは決して微笑(ほほえ)みの見られない悲しみと

―――――――――
bar ブレイクが読んだと思われる A. ポープ訳の『オデュッセイア』の注釈によると、「北の門」は魂が肉体に入る道のアレゴリー。　**105 the land unknown** 「セルの知らない土くれの国」。つまり 'mortal life'。　**106 fibrous roots** 「繊維状の根」とは、肉体のこと。　**107 infixes deep its restless twists** 「絶えずよじれて地中深くに根を張っている」。

was seen.

She wander'd in the land of clouds thro' valleys dark, list'ning
Dolours & lamentations; waiting oft beside a dewy grave 110
She stood in silence, list'ning to the voices of the ground,
Till to her own grave plot she came, & there she sat down,
And heard this voice of sorrow breathed from the hollow pit.

Why cannot the Ear be closed to its own destruction?
Or the glist'ning Eye to the poison of a smile? 115
Why are Eyelids stor'd with arrows ready drawn,
Where a thousand fighting men in ambush lie?
Or an Eye of gifts & graces show'ring fruits & coined gold?
Why a Tongue impress'd with honey from every

---

110 waiting＝staying. **112 her own grave plot**「自分に割り与えられた墓」、つまりセルの肉体のこと。 **114-123** 以下の疑問文が人間の五感を扱っていることは一目瞭然である。 **114**「なぜ耳はそれ自身の破滅に対して閉じられないのか」「なぜ耳を閉じて破滅を免れることができないのか」。 **115**「また、なぜ輝かしい眼は微笑みの毒に閉ざされないのか」「また、なぜ美しい眼を閉じて危険な微笑

　　　　　　　　　　　　涙の国。

セルは雲に閉ざされた国で、暗い谷間を
　　　　　　　　　　　　　　さ迷った、
嘆きや悲しみの声を聞きながら。たびたび露を帯びた墓の
　　　　　　　　　　　　　　　　　　そばに佇み、
無言のまま、じっと地の声に耳を
　　　　　　　　　　　　傾けたが、
ついに彼女自身の墓に来て、
　　　　　　　　　　そこに坐り、
虚ろな穴からかすかに洩れてくるこの悲しみの
　　　　　　　　　　　　　　　声を聞いた。

「なぜ耳はそれ自身の破滅に対して閉じられ
　　　　　　　　　　　　ないのか。
また、なぜ輝かしい眼は微笑みの毒に閉ざされないのか。
なぜ瞼は射放たれようとする矢をそなえているのか、
千人の戦士が待ちぶせしている所で。
また、なぜ知恵と優雅に輝く眼は木の実と鋳造された
　　　　　　　　　　　　　　　金貨を降らせるのか。
なぜ舌は四方の風の運ぶ蜜に

みを見ないようにできないのか」。　**116-117**　「なぜ瞼は千人の戦士が待ちぶせしているところで射放たれようとする矢がそなえられているのか」「なぜ大勢の戦士が待ちぶせしているのに、射放たれようとする矢をそなえる瞼があるのか」。　**118　Or**　次に 'is' を補って読む。　**an Eye of gifts & graces**＝a gifted and graceful Eye.　**119　Why**　次に 'is' を補って読む。以下 123 行目まで同様。

　　　　　　　　　　　　　　　　　　　　　wind?
Why an Ear, a whirlpool fierce to draw creations
　　　　　　　　　　　　　　　　　　　　　in? 120
Why a Nostril wide inhaling terror, trembling &
　　　　　　　　　　　　　　　　　　　affright?
Why a tender curb upon the youthful burning boy?
Why a little curtain of flesh on the bed of our
　　　　　　　　　　　　　　　　　　　　desire?

The Virgin started from her seat, & with a shriek
Fled back unhinder'd till she came into the vales of
　　　　　　　　　　　　　　　　　　　　Har. 125

---

120 whirlpool 'an Ear' と同格。 **122 a tender curb** 「やさしい止め轡」。 **125 unhinder'd**=unhindered. アイロニーとして用いられている。セルはだれにも妨害されずにハルの谷間に戻ることができたが、この行為によってセルは自分のなかにある欲望を抑えてしまった。つまり自己の本性を妨害して(hinder)しまったのである。

　　　　　　　感動するのか。
なぜ耳は創造物を引き込む恐ろしい渦巻き
　　　　　　　　　　　　　　　なのか。
なぜ鼻孔は恐怖を深く吸い込み、震え、
　　　　　　　　　　　恐れるのか。
なぜ若く熱烈な少年にやさしく止め轡(くつわ)がはめられるのか。
なぜわれわれの欲望の床(とこ)に肉体の小さな幕が
　　　　　　　　　　降ろされるのか」

処女は驚いてその場から跳(と)びはなれ、悲鳴をあげて
だれにも妨げられずにハルの谷間に
　　　　　　　　　　逃げ帰った。

III

〈『天国と地獄の結婚』より〉
From *The Marriage of Heaven and Hell*

[47] The Argument

Rintrah roars & shakes his fires in the burden'd air;
Hungry clouds swag on the deep.

Once meek, and in a perilous path,
The just man kept his course along
The vale of death. 5
Roses are planted where thorns grow,
And on the barren heath
Sing the honey bees.

Then the perilous path was planted;
And a river, and a spring 10
On every cliff and tomb;
And on the bleached bones
Red clay brought forth.

---

[47] 「序の歌」には時間の経過を表わす副詞（または接続詞）が、第2-5連のそれぞれの連の最初に置かれている。「かつて」(Once)、「それから」(Then)、「ついに」(Till)、「今や」(Now)によって明確に時間が区別されている。 **1 Rintrah** ブレイクの造語で、「反抗精神」の象徴。『ミルトン』ではロスの息子で「怒り」を表わす。 **burden'd air**=oppressive sky. burden'd=burdensome (troublesome, tir-

[47] 序 の 歌

リントラが吼え、重苦しい空にその火を
　　　　　　　　　　　　　　揺り動かす。
飢えた雲が海上に垂れ下がる。

かつて柔和な心で、危険な道を
正しき人は死の谷に沿って
人生の旅を続けた。
　茨の生える所に薔薇が植えられ、
不毛の荒野で
蜜蜂が歌う。

それから危険な道に草木が植えられ、
どの崖や墓にも
川が流れ、泉がわき、
そして干からびた白骨に
　紅の土が生じた。

---

ing).　**2　swag**＝sink down, lie heavy.　**5　vale of death**＝this world.『詩篇』(23:4)参照。　**10　And**　次に 'there came' を補って読む。　**10-11　river ... cliff**　『出エジプト記』(17:6)参照。　**12 bleached**＞bleach＝whiten by sunlight or chemicals.　『エゼキエル書』(37:1-14)参照。　**13　Red clay**　'Adam' はヘブライ語で 'red' の意、'Adamah' は 'red clay' の意である。

Till the villain left the paths of ease,
To walk in perilous paths, and drive 15
The just man into barren climes.

Now the sneaking serpent walks
In mild humility,
And the just man rages in the wilds
Where lions roam. 20

Rintrah roars & shakes his fires in the burden'd
　　　　　　　　　　　　　　　　　　　　　air;
Hungry clouds swag on the deep.

[48] Proverbs of Hell

In seed time learn, in harvest teach, in winter
　　enjoy. 1
Drive your cart and your plow over the bones of

---

14 villain 「悪漢」とは、正しき人のエデンに侵入してきた蛇、偽善者のこと。 17 sneaking serpent 「卑劣な蛇」とは、偽善者のこと。'sneak' は「こそこそする」の意。『創世記』(3:1)参照。 21-22 最初の2行が繰り返されるが、これは第2-5連の状態が、近い将来、変化することを暗示している。
[48] 全部で70ある「地獄の格言」の右側の数字は、行数ではなく、

ついに悪漢が安逸の道をすて、
危険な道を歩き、
正しき人を不毛の地に追いやる。

今や卑劣な蛇が
柔和な謙遜づらをして歩き、
正しい人は獅子のうろつく
荒野で憤る。

リントラが吼え、重苦しい空にその火を
         揺り動かす。
飢えた雲が海上に垂れ下がる。

[48] 地獄の格言

種蒔(ま)く時に学び、収穫の時に教え、冬に楽しめ。

死者の骨の上に汝(なんじ)の荷車を駆り、汝の鋤(すき)をとおせ。

「格言」の順番を表わす。この形式の原形は旧約聖書『箴言』であるが、この形式を採用した理由には18世紀後半のアフォリズム集の流行があった。　**1**　労働の重要さの強調。　**2**　「死者の骨」とは、過去の道徳律のこと。『経験の歌』の「古の詩人の声」9行目の注参照。

the dead. 2

The road of excess leads to the palace of wisdom. 3

Prudence is a rich ugly old maid courted by Incapacity. 4

He who desires but acts not, breeds pestilence. 5

The cut worm forgives the plow. 6

Dip him in the river who loves water. 7

A fool sees not the same tree that a wise man sees. 8

He whose face gives no light, shall never become a star. 9

Eternity is in love with the productions of time. 10

The busy bee has no time for sorrow. 11

The hours of folly are measur'd by the clock, but of wisdom: no clock can measure. 12

All wholesom food is caught without a net or a trap. 13

Bring out number, weight & measure in a year of dearth. 14

No bird soars too high, if he soars with his own wings. 15

A dead body revenges not injuries. 16

The most sublime act is to set another before you. 17

---

3 過剰の価値を知識の道として教える格言の最初のもの。**leads to**「〜へ連れていく」。 4 **courted**＞court(「求愛する」). 6 『経験の歌』の「蠅」の削除された後半2連に、「切られた虫は鋤を許し/安らかに死ぬ/おまえも同じだ」とある。 7 ブレイクの象徴体系では、水は物質主義を表わす。 13 「網」や「罠」は抑圧の象徴。 14 'number' 'weight' 'measure'を度量を表わす一連の用語として捉えるので

[48] 地獄の格言

過剰の道が知恵の宮殿に通ずる。
慎重とは無能に求愛された富める醜い(みにく)老女である。

欲望を抱いても実行しない者は疫病を生む。
切られた虫は鋤を許す。
水を愛する者は川に浸せ。
愚者は賢者の見る同じ木を見ない。
光を放たない顔をしている者は決して星になることはない。

永遠は時間の産物を恋している。
忙しい蜜蜂は悲しみにふける時間がない。
愚鈍の時間は時計で計れるが、知恵の時間はどんな時計でも計れない。
健全な食べ物はすべて網や罠なしで得られる。
飢饉の年に数と量と尺を持ち出せ。

自分の翼で舞い上がる鳥は高く舞い上がりすぎることはない。

死体は虐待に復讐しない。
最も崇高な行為は他人を先に立てることである。

───────
はなく、順に「曲目」「(語などの)強調、強勢」「旋律」の意味にとると、「飢饉の年に曲目、強勢、旋律あるものを生み出せ」と、当時の衒学的な詩に対する諷刺になる。 **15** 鳥は想像力の象徴。 **17 set ... before**＝set ... above 「より高い所に置く」。

If the fool would persist in his folly he would become wise. 18
Folly is the cloke of knavery. 19
Shame is Pride's cloke. 20
Prisons are built with stones of Law, Brothels with bricks of Religion. 21
The pride of the peacock is the glory of God. 22
The lust of the goat is the bounty of God. 23
The wrath of the lion is the wisdom of God. 24
The nakedness of woman is the work of God. 25
Excess of sorrow laughs. Excess of joy weeps. 26
The roaring of lions, the howling of wolves, the raging of the stormy sea, and the destructive sword are portions of eternity too great for the eye of man. 27
The fox condemns the trap, not himself. 28
Joys impregnate. Sorrows bring forth. 29
Let man wear the fell of the lion, woman the fleece of the sheep. 30
The bird a nest, the spider a web, man friendship. 31
The selfish smiling fool, & the sullen frowning fool

---

19 cloke=cloak.「包む」とは「隠す」こと。 **20** 人はエデンの園でその高慢ゆえに禁断の木の実を食べ、恥を知り、衣服を身につけるようになった。 **21**『経験の歌』の「ロンドン」参照。 **22-27** これら六つの格言は、過剰には深遠な神秘があり、人間は過剰を叱責したり無視したりすると自分の損害になることを示している。 **29**「孕む」と訳した 'impregnate' は「充満する」、「産む」と訳した 'bring forth'

[48] 地獄の格言

愚者もその愚に徹すれば賢くなるだろう。

愚鈍は不埒な行為を包む外套(がいとう)である。
羞恥(しゅうち)は高慢の外套である。
監獄は法律の石で造られ、売春宿は宗教の煉瓦(れんが)で建てられている。
孔雀(くじゃく)の高慢は神の栄光である。
山羊(やぎ)の情欲は神の贈り物である。
獅子の怒りは神の知恵である。
女性の裸体は神の作品である。
悲しみの過剰は笑う。喜びの過剰は泣く。
獅子の唸り声、狼の吼え声、荒れ狂う海の怒号(うな)、殺人の剣は、人間の眼には偉大すぎる永遠の部分である。

狐は罠をとがめても自分はとがめない。
喜びは孕(はら)む。悲しみは産む。
男には獅子の毛皮を、女には羊の毛衣(けごろも)を着せよ。

鳥には巣、蜘蛛(くも)には網、人には友情を。
利己的で微笑をたたえた愚者と不機嫌でしかめ面(づら)の愚者とは、

は「(結果などを)引き起こす」「(秘密などを)明るみに出す」の意味にもとれる。　30-31　すべてのものはそれ自身にふさわしい場所を持っていることの宣言。「獅子と牛に一つの法を課すのは圧制である」(『天国と地獄の結婚』プレート 20)参照。　31　友情に関して「対立こそ真の友情」(『天国と地獄の結婚』プレート 20)参照。

shall be both thought wise, that they may be a rod. 32

What is now proved was once only imagin'd. 33

The rat, the mouse, the fox, the rabbit watch the roots; the lion, the tyger, the horse, the elephant, watch the fruits. 34

The cistern contains: the fountain overflows. 35

One thought fills immensity. 36

Always be ready to speak your mind, and a base man will avoid you. 37

Every thing possible to be believ'd is an image of truth. 38

The eagle never lost so much time as when he submitted to learn of the crow. 39

The fox provides for himself, but God provides for the lion. 40

Think in the morning. Act in the noon. Eat in the evening. Sleep in the night. 41

He who has suffer'd you to impose on him knows you. 42

As the plow follows words, so God rewards

---

32 rod 「鞭」とは、矯正の道具。 **33** 想像力こそが真理である。 **34** 鼠、狐、兎といった弱い臆病者は動機のみを云々し、獅子、虎、馬、象は結果を重視する強い者を代表する。 **35** 才能と天才との比較。 **36** 「一粒の砂にも世界を/一輪の野の花にも天国を見、/君の掌のうちに無限を/一時のうちに永遠を握る」(『ピカリング稿本』の「無垢の予兆」)参照。 **38** 「格言」の33番から引き出された結論。 **39**

鞭(むち)の道具とされるために両者とも賢者と思われている。

今証明されていることもかつては想像されただけであった。
鼠(ラット)、鼠(マウス)、狐、兎は、根を見張るが、獅子、虎、馬、象は、果実を見張る。

水槽は蓄える。泉は溢(あふ)れる。
一念は無限を満たす。
常に心に思うことを進んで語れば、卑(いや)しい人はあなたを避けるだろう。
信じることのできるものはすべて真理の像(イメジ)である。

鷲(わし)は烏(からす)から学ぼうと身を屈した時ほど、多くの時間を失ったことはない。
狐は自分のために備えるが、神は獅子のために備える。

朝には考えよ。昼には行なえ。夕べには食べよ。夜には眠れ。

相手が自分につけ込むのを許した人は、相手をよく知っている。
鋤(すき)が言葉に従うように、神は祈りに報いる。

───────
鷲は想像力の象徴で、烏は俗人の代表である。　40　狐は狡猾さと慎重さを、獅子は尊大さと傲慢さを象徴する。　41　「格言」の1番とともに味わうべき格言。　42　suffer'd＝suffered＝allowed.　43　祈りは行動によって示されなければ無効である。

prayers. ⁴³

The tygers of wrath are wiser than the horses of instruction. ⁴⁴

Expect poison from the standing water. ⁴⁵

You never know what is enough unless you know what is more than enough. ⁴⁶

Listen to the fool's reproach! it is a kingly title! ⁴⁷

The eyes of fire, the nostrils of air, the mouth of water, the beard of earth. ⁴⁸

The weak in courage is strong in cunning. ⁴⁹

The apple tree never asks the beech how he shall grow; nor the lion, the horse, how he shall take his prey. ⁵⁰

The thankful reciever bears a plentiful harvest. ⁵¹

If others had not been foolish, we should be so. ⁵²

The soul of sweet delight can never be defil'd. ⁵³

When thou seest an Eagle, thou seest a portion of Genius; lift up thy head! ⁵⁴

As the catterpiller chooses the fairest leaves to lay her eggs on, so the priest lays his curse on the fairest joys. ⁵⁵

---

44 『経験の歌』の「小学生」参照。 **45** 溜まり水は静止している。ブレイクは静止したものを「状態」(State)と名づけた。「意見を変えない男は溜まり水のようなもので、精神の爬虫類を育んでいる」(『天国と地獄の結婚』プレート19)参照。 **46** 十分を知ったと思ったとき、その人は静止し、「状態」となってしまう。 **48** 火には眼があり、風には鼻があり、水には口があり、地には髭があるということ。 **49**

[48] 地獄の格言

怒れる虎は教育された馬より賢い。

溜まり水は毒だと思え。
十分以上を知らなければ、十分を知ったことにならない。

愚者の非難を聞け！ それは堂々たるお題目だ！
火の眼、風の鼻孔、水の口、地の髭(ひげ)。

勇気に弱い者は狡智に強い。
りんごの木は橅(ぶな)に生長の仕方を尋ねないし、獅子も馬に獲物のとり方を尋ねない。

感謝して受ける者は豊かな収穫を得る。
他の人が愚かでないなら、われわれが愚かなのであろう。
すてきな歓びの心は決して汚(けが)されない。
汝(なんじ)が鷲(わし)を見る時、汝は天才の一部を見ている。汝の頭を上げよ！
青虫が卵を産むために一番美しい葉を選ぶように、僧侶はその呪いを一番美しい喜びにかける。

狡智は一種の臆病である。 **50 the lion** 次に'asks'を補って読む。 **51** 「格言」の13番とともに味わうべき格言。 **53** 『アメリカ』(8:13-14)、『アルビヨンの娘たちの幻覚』(9-10行目)参照。 **54** 『箴言』(30:18-19)参照。 **55** シェイクスピアの『ヘンリー6世 第2部』の、「青虫は私の葉を食い荒らす」(III, i, 90)参照。

To create a little flower is the labour of ages. 56
Damn braces: Bless relaxes. 57
The best wine is the oldest, the best water the newest. 58
Prayers plow not! Praises reap not! 59
Joys laugh not! Sorrows weep not! 60
The head Sublime, the heart Pathos, the genitals Beauty, the hands & feet Proportion. 61
As the air to a bird or the sea to a fish, so is contempt to the contemptible. 62
The crow wish'd every thing was black, the owl, that every thing was white. 63
Exuberance is Beauty. 64
If the lion was advised by the fox, he would be cunning. 65
Improvement makes strait roads, but the crooked roads without Improvement are roads of Genius. 66
Sooner murder an infant in its cradle than nurse unacted desires. 67
Where man is not, nature is barren. 68
Truth can never be told so as to be understood, and

---

56 T. チャタトンの『ナルヴァとモレド』の「歳月をかけて熟した牧場の花」の句に暗示された。 **57** 「呪われることは引き締める。祝福することは弛ませる」という訳も可能。また、命令文ととると、「引き締めるものは呪え。弛むものは祝福せよ」となる。 **58** 伝統と革新の問題を示唆。 **59** 「格言」の43番と同一の思想。 **60** 「格言」26番の異形。「喜びよ、笑うな! 悲しみよ、泣くな!」という訳も可

小さな花を創ることも幾年にもわたる仕事である。
呪われると引き締まる。祝福されると弛(ゆる)む。
最高のワインは最も古く、最高の水は最も新しい。

祈りは耕さず！　賛美は刈らず！
喜びは笑わず！　悲しみは泣かず！
頭は崇高、心臓は熱情、性器は美、手足は均斉。

空が鳥の、海が魚のものであるように、軽蔑されるべき者に
　は軽蔑を。
烏(からす)はすべてのものが黒ければよいと、梟(ふくろう)はすべてのものが
　白ければよいと思った。
過剰は美である。
獅子が狐の忠告を聞けば、彼は狡猾になるだろう。

改善はまっすぐな道をつくるが、改善されない曲がった道が
　天才の道である。
実行しない欲望を胸に抱いているくらいなら、揺籃(ゆりかご)のなかの
　幼児を殺せ。
人間のいない所、自然は不毛である。
理解されるように語られても信じられない真理というものは

能。　**61**　人間の形を組織化する格言。「後期預言書」で明確になる「頭」「心臓」「腰」の三幅対の考えを予期させる。　**62**　'As A is to B, so C is to D.' の構文。'the air' と 'the sea' の次に 'is' を補って読む。　**64**　「格言」3番と70番参照。　**66 strait**＝straight.　**67**　欲望の肯定を過激に表現している。　**68**　自然は人間から離れて存在しないゆえに、自然が人間から離れると不毛である。

   not be believ'd.   69
Enough! or Too much.   70

69　「格言」の33番と38番から引き出された格言。　**70**　過剰を賛美したブレイクの最後の格言は、「地獄の格言」全70篇への皮肉な注釈であり、また過剰に対する最後の訴えである。オルレアン公ルイ・フィリップには、骨髄の焼肉を出されたとき、「たくさん欲しい。たくさん欲しい」("J'en veux beaucoup! J'en veux trop!")と叫んだという逸話がある。

[48] 地獄の格言   201

ありえない。
十分に! または十分以上に。

「ニュートン」(1804-1805 年頃)

IV

〈『アルビヨンの娘たちの幻覚』〉
Visions of the Daughters of Albion

[49]　Visions of the Daughters of Albion

The Eye sees more than the Heart knows.

The Argument

I loved Theotormon
And I was not ashamed
I trembled in my virgin fears
And I hid in Leutha's vale!

I plucked Leutha's flower,　　　　　　　5
And I rose up from the vale;
But the terrible thunders tore
My virgin mantle in twain.

Visions

Enslav'd, the Daughters of Albion weep; a trem-
　　　　　　　　　　　bling lamentation

---

[49]　**表題　the Daughters of Albion**　時代の社会的慣習で縛られているイギリス女性。彼女たちは自分たちの悲哀を嘆き、肉体の自由を求める。
題辞　*The Eye sees ... knows*　「眼」は知識で掌握できないヴィジョンを見通すが、「心臓」は既成の理解力を超えられない。
序の歌　話者はウースーンで、彼女は「はばまれた愛」を表わす。　**1**

[49] アルビヨンの娘たちの幻覚

眼は心臓が知る以上のものを見る。

序　の　歌

私はセオトーモンを愛した、
恥ずかしいとは思わなかった。
処女の恐れで震え、
ルーサの谷間に隠れた。

ルーサの花を摘んで
谷間から立ち上がったが、
恐ろしい雷が私の処女のマントを
まっぷたつに引き裂いた。

幻　　覚

奴隷にされて、アルビヨンの娘たちは泣く。
　　　　　　彼女らの山々に、谷間に

Theotormon　ギリシア語の 'theo'(神)とヘブライ語 'tora'(法，掟)の合成語。法・掟に縛られた欲望を表わす。　**4　hid in Leutha's vale**＝tried to escape from sexual reality. 'Leutha' は満たされない性欲を表わす。　**5　flower**　花は伝統的な愛の象徴。　**8　virgin mantle**＝the hymen.
幻覚　1　Enslav'd＝Enslaved.

Upon their mountains, in their valleys, sighs
　　　　　　　　　toward America.

For the soft soul of America, Oothoon wander'd in
　　　　　　　　　woe,
Along the vales of Leutha seeking flowers to
　　　　　　　　　comfort her ;
And thus she spoke to the bright Marygold of
　　　　　　　　　Leutha's vale : 5

Art thou a flower ? art thou a nymph ? I see thee
　　　　　　　　　now a flower,
Now a nymph ! I dare not pluck thee from thy
　　　　　　　　　dewy bed !

The Golden nymph replied : Pluck thou my flower,
　　　　　　　　　Oothoon the mild !
Another flower shall spring, because the soul of
　　　　　　　　　sweet delight
Can never pass away. She ceas'd & clos'd her
　　　　　　　　　golden shrine. 10

───────

2 **America** アメリカは「西」、ブレイクの象徴体系では「肉体」を表わす。 3 **the soft soul of America, Oothoon** ウースーンは自由な新世界アメリカで、古い道徳や搾取にみちた旧世界に襲われる。'Oothoon' は J. マクファーソンの『オシアン』に出てくる 'Oithona' に由来する。 5 **Marygold**＝Marigold(「マリーゴールド、せんじゅ菊」)。花言葉は「悲しみ、絶望」。また、Marygold＝Mary's gold＝

震える嘆きは、アメリカの方へと
　　　　　　　ため息をつく。

というのも、アメリカの優しい心、ウースーンは
　　　　　　　　　　　　　　哀しみながらさ迷い、
ルーサの谷間に自分を慰めてくれる花を探して
　　　　　　　　　　　　　　いたからである。
そしてこう彼女はルーサの谷間の色鮮やかなマリーゴールド
　　　　　　　　　　　　　　に話しかけた。

「おまえは花なの、それともニンフなの？
　　　　　　　　　　　花かと思えば
ニンフとも思える。おまえの露の床からおまえを摘むのは
　　　　　　　　　　　　　　やめましょう」

黄金のニンフは答えた。「私の花を摘んでください、
　　　　　　　　　　　　　　優しいウースーン！
花はまた咲きますわ、なぜって
　　　　　　すてきな喜びの心は
決して死ぬことはないですもの」こう言うと彼女は
　　　　　　　　　　　　金色の社(やしろ)を閉じた。

Mary's golden flower であり、聖母マリアは無垢、金は清廉潔白(incorruptibility)の象徴であるから、マリーゴールドは二重の意味で純潔を表わす。「花を摘む」行為は古くから性体験の象徴でもある。　8 **Golden nymph**＝Marygold.

Then Oothoon pluck'd the flower, saying: I pluck thee from thy bed,
Sweet flower, and put thee here to glow between my breasts,
And thus I turn my face to where my whole soul seeks.

Over the waves she went in wing'd exulting swift delight,
And over Theotormon's reign took her impetuous course. 15

Bromion rent her with his thunders: on his stormy bed
Lay the faint maid, and soon her woes appall'd his thunders hoarse.

Bromion spoke: Behold this harlot here on Bromion's bed,
And let the jealous dolphins sport around the love-

---

13 thus I turn my face マリーゴールドは太陽に顔を向けると言われている。 **14 in wing'd exulting swift delight** 「翼ある迅速な躍る歓びに駆られて」、つまり「心ははやり、胸は弾み、歓びに駆られて」。'exult' は「飛び上がって(喜ぶ)」の意。 **15 Theotormon's reign**＝the Atlantic(「大西洋」). reign＝realm. **16 Bromion** ギリシア語の 'bromos'(＝thunder)、または 'bromios'(＝noisy)。

[49] アルビヨンの娘たちの幻覚

そこでウースーンは花を摘んで、こう言った。「私は
　　　　　　　　　おまえの寝床からおまえを摘んで、
かわいい花よ、おまえをここ私の乳房の間に置いて
　　　　　　　　　　　　　　　　　　燃えたたせよう、
そして私は私のすべての心が求めている方に顔を
　　　　　　　　　　　　　　向けるわ」

海を越えて彼女は向かった、翼ある迅速な
　　　　　　　　躍る歓びに駆られて、
セオトーモンの領域へとはやる心で針路を
　　　　　　　　　　取ったのだ。

ブロミオンは落雷でウースーンを引き裂いた。彼の嵐の
　　　　　　　　　　　　　　　　　　　　　寝床に
気絶した乙女は横たわり、やがて彼女の哀しみがしわがれた
　　　　　　　　　　　　　　　雷をおののかせた。

ブロミオンは言った。「どうだ、ここブロミオンの
　　　　　　　　　　寝床にいるこの売女は。
嫉妬に駆られた海豚をかわいらしい乙女のまわりに

───────

意味は 'thunderer' あるいは 'roarer'。理性を代表するユリゼン(Urizen)の代理人で、'thunder' と 'storms' の代表。ブロミオンはアフリカの黒人に刻印し、奴隷を恐怖で支配する奴隷所有者を代表している。　**17 appall'd**＝appalled＞appall(「ぞっとさせる」).　**19 jealous dolphins**　「嫉妬に駆られた海豚」。 **sport**＝play, amuse oneself.

ly maid!
Thy soft American plains are mine, and mine thy
north & south: 20
Stampt with my signet are the swarthy children of
the sun;
They are obedient, they resist not, they obey the
scourge;
Their daughters worship terrors and obey the
violent.
Now thou maist marry Bromion's harlot, and pro-
tect the child
Of Bromion's rage, that Oothoon shall put forth in
nine moon's time. 25
Then storms rent Theotormon's limbs: he roll'd
his waves around,
And folded his black jealous waters round the
adulterate pair.
Bound back to back in Bromion's caves terror &
meekness dwell:

At entrance Theotormon sits, wearing the thresh-

---

20 soft American plains「柔らかなアメリカの平原」とは、ウースーンの体のこと。**north & south** ブレイクの体系では、north=reason, south=spirit, west=body, east=emotion となる。**21 signet**=mark or stamp of a name. 奴隷の刻印。**swarthy children of the sun** 黒人奴隷のこと。**24 maist**=mayst. 'may' の 2 人称単数現在形。**the child** 奴隷は妊娠すると価値を増したという。

　　　　　　　　　　　　じゃれつかせろ!
おまえの柔らかなアメリカの平原はおれのもの、おまえの
　　　　　　　　　　　　　北も南もおれのもの。
太陽の黒ずんだ子どもたちにもおれの刻印が
　　　　　　　　　　焼きつけてある。
奴らは従順で反抗もせず、鞭(むち)に
　　　　　　　従う。
奴らの娘たちは恐怖を敬い、暴力に
　　　　　　　従う。
さあ、おまえはブロミオンの売女をめとり、ブロミオンの
　　　　　　　　　　　　怒りの子を保護するのだ、
九カ月たてばウースーンがその子を
　　　　　　　産むからな」
そのとき嵐がセオトーモンの手足を引き裂いた。
　　　　　　セオトーモンは波をあたりにうねらせ
その黒い嫉妬の海で不義の二人をぐるりと
　　　　　　　　　　　包んだ。
ブロミオンの洞窟では恐怖と柔和が背中合わせに
　　　　　　　　　　　　縛られている。

洞窟の入口にセオトーモンは坐り、ひそかに涙を

---

25 rage＝sexual passion. **in nine moon's time** 九カ月は妊娠期間。 **27 adulterate pair** ウースーンとブロミオンのこと。二人が背中合わせで縛られている絵は有名。 **28 Bromion's caves** 制限された知覚の象徴。洞窟は人間が閉じ込められている肉体の象徴(プラトン『国家』第7巻参照)。 **terror & meekness** 「恐怖と柔和」とは、ブロミオンとウースーンのこと。

                                             old hard
With secret tears ; beneath him sound like waves
                              on a desart shore   30
The voice of slaves beneath the sun, and children
                              bought with money,
That shiver in religious caves beneath the burning
                                            fires
Of lust, that belch incessant from the summits of
                                     the earth.

Oothoon weeps not ; she cannot weep ! her tears are
                                       locked up ;
But she can howl incessant writhing her soft
                                  snowy limbs, 35
And calling Theotormon's Eagles to prey upon her
                                          flesh.

I call with holy voice ! Kings of the sounding air,
Rend away this defiled bosom that I may reflect
The image of Theotormon on my pure transparent
                                         breast.

---

30 desart=desert. **31 children bought with money**「金で買われた子どもたち」とは、例えば、煙突掃除の子どもたち。 **32 religious caves** 洞窟の状況は人間が永遠から閉め出され、愛が成就しない堕落の状態を表わしている。 **35 incessant writhing** ウースーンの「もだえ」は、悔恨と目覚めた性欲の両方を暗示する。 **36 prey upon her flesh** プロメテウスを想起させる。 **37-39** ウース

　　　　　　　　　　　　　　　　流して
堅い敷居をすり減らす。その足元に、荒涼とした岸辺に
　　　　　　　　　　　　　　　寄せる波のように
陽にさらされた奴隷たちや金で買われた子どもたちの
　　　　　　　　　　　　　　　　　　声が響き、
大地の頂きから休みなく噴き出す
　　　　　　　　　　　　欲望の
燃えさかる火の下、宗教の洞窟で
　　　　　　　　　　震えている。

ウースーンは泣かない、泣けないのだ！　彼女の涙は
　　　　　　　　　　　　　　　　閉ざされている。
だが柔らかな雪のような手足はもだえ、
　　　　　　　　　　　たえず呻（うめ）き、
セオトーモンの鷲に私の肉を食べてと
　　　　　　　　　呼びかける。

「私は聖なる声で呼ぶのです。鳴り響く空の王たちよ、
この汚（けが）れた胸を引き裂いておくれ。そうしたら私は
汚れを知らぬ透明な私の胸にセオトーモンの姿を
　　　　　　　　　　　　　映せるのです」

――――――
ーンはセオトーモンの考えをしばらくは受け入れるが、やがて自分の
純潔を主張する。　38　**Rend away this defiled bosom**　「汚れた胸
を引き裂く」。ウースーンがブロミオンに汚されても、それはセオト
ーモンへのひそかな愛に対しては何ものでもない。

The Eagles at her call descend & rend their bleed-
　　　　　　　　　　　　　　　ing prey : 40
Theotormon severely smiles ; her soul reflects the
　　　　　　　　　　　　　　　　　　smile,
As the clear spring, mudded with feet of beasts,
　　　　　　　　　　　　grows pure & smiles.

The Daughters of Albion hear her woes, & eccho
　　　　　　　　　　　　　back her sighs.

Why does my Theotormon sit weeping upon the
　　　　　　　　　　　　　　threshold,
And Oothoon hovers by his side, perswading him in
　　　　　　　　　　　　　　　vain ? 45
I cry : Arise, O Theotormon ! for the village dog
Barks at the breaking day ; the nightingale has
　　　　　　　　　　　　　done lamenting ;
The lark does rustle in the ripe corn, and the Eagle
　　　　　　　　　　　　　　　returns
From nightly prey, and lifts his golden beak to the

---

43 ギリシア悲劇のコロスのような行で3回(43、113、218行目)繰り返される。これによって「語り」「三人の主要な登場人物間の対話」「ウースーンの声明」の3部に分かれる。　**eccho**＝echo.　**45 perswading**＝persuading.　**46-59** ウースーンは人間を潜在的なものへと覚醒させる象徴としての革命を歓喜して迎えるが、自分が五感の内部に閉じ込められていると言われ、その結果「影」しか見えない。　**47**

鷲は彼女の叫び声を聞いて舞い降り、血のしたたる餌食を
　　　　　　　　　　　　　　　　　　　　　　引き裂く。
セオトーモンは冷やかに笑う。彼女の心はその笑いを
　　　　　　　　　　　　　　　　　　　　　　映す。
澄んだ泉が獣の足にかき回されても澄んで
　　　　　　　　微笑(ほほえ)むように。

アルビヨンの娘たちはその哀しみを聞き、そのため息を
　　　　　　　　　　　　　　こだまにして返す。

「なぜ私のセオトーモンは泣きながら敷居に坐って
　　　　　　　　　　　　　　　　　　いるのですか、
そして私ウースーンが彼のそばを行ったり来たりして、
　　　　　　　　　　　　　　説得してもだめなのですか？
私は叫びます。起きて、ああ、セオトーモンよ！　村の犬は
夜明けにむかって吠え、ナイチンゲールは
　　　　　　　　　　　　　　　　嘆きの歌を終え、
雲雀(ひばり)は実った小麦のなかで音を立て、
　　　　　　　　　　　　　　　　　　　鷲は
夜の捕食(ほしょく)から戻り、澄んだ東の空に黄金の嘴(くちばし)を

---

breaking day 「夜明け」は来るべき革命を表わす。ブレイクにとっての革命とは人間生活のあらゆる次元での革命である。　**48-51**　ミルトンが『アレオパジチカ』で、来るべき自由の国、宗教改革の全うされた国、イギリスの未来像を描いた部分 "Methinks I see in my mind a noble and puissant nation rousing herself like a strong man after sleep ... Methinks I see her as an eagle ..." を想起させる。

pure east,
Shaking the dust from his immortal pinions to awake 50
The sun that sleeps too long. Arise, my Theotormon, I am pure,
Because the night is gone that clos'd me in its deadly black.
They told me that the night & day were all that I could see;
They told me that I had five senses to inclose me up,
And they inclos'd my infinite brain into a narrow circle, 55
And sunk my heart into the Abyss, a red, round globe, hot burning
Till all from life I was obliterated and erased.
Instead of morn arises a bright shadow, like an eye
In the eastern cloud; instead of night a sickly charnel house:
That Theotormon hears me not! to him the night and morn 60

---

52 that 先行詞は 'night'。　**54 five senses**「五感」。 **inclose**＝enclose.　**55 my infinite brain** 本来は無限である頭脳。 **56 the Abyss** 'a red, round globe, hot burning' と同格。　**59 sickly charnel house**「吐き気を催させるような納骨堂」。死のイメジ。

[49] アルビヨンの娘たちの幻覚

　　　　　　　　　　　　　　持ち上げ、
不滅の翼をはばたいて塵(ちり)を払い、あまりにも長く
　　　　　　　　　　　眠っている太陽を
目覚めさせるというのに。起きて、セオトーモン！
　　　　　　　　　　　　　　　私は純潔です。
私を真っ暗闇に閉じ込めた夜は過ぎ去ったの
　　　　　　　　　　　　ですから。
人々はこう言いました。私に見えるのは夜と昼
　　　　　　　　　　　だけだ、と、
また、私を閉じ込めていたのは五感
　　　　　　　　　なのだ、と。
五感が私の無限の頭脳を狭い範囲に
　　　　　　　　　　閉じ込め、
私の心臓を奈落へと、赤く丸い灼熱の
　　　　　　　　　　球体へと沈め、
ついに私は全生命から抹殺され、消されてしまったのです。
朝の代わりに鮮やかな影が、東の雲の中に眼のように現われ、
夜の代わりに吐き気を催させるような納骨堂が
　　　　　　　　　　　　現われる。
それでもセオトーモンは私の話を聞いてくれない！
　　　　　この人にとっては昼も夜も同じで、

Are both alike ; a night of sighs, a morning of fresh tears ;
And none but Bromion can hear my lamentations.

With what sense is it that the chicken shuns the ravenous hawk ?
With what sense does the tame pigeon measure out the expanse ?
With what sense does the bee form cells ? have not the mouse & frog 65
Eyes and ears and sense of touch ? yet are their habitation
And their pursuits as different as their forms and as their joys.
Ask the wild ass why he refuses burdens, and the meek camel
Why he loves man : is it because of eye, ear, mouth, or skin,
Or breathing nostrils ? No, for these the wolf and tyger have. 70
Ask the blind worm the secrets of the grave, and

63-74 動物(ブレイクの考えでは、神は動物の中にも宿る)でさえ、より高度な本能を持っている。なぜ、動物よりも優れた人間がユリゼンの道徳律という、より低い道を選ぶのか。 **69-70** 様々な生物のそれぞれの特徴は身体的感覚を共有していることでは説明できない。それゆえ「獅子と牡牛の両方に通用する一つの掟はない」(108行目)ことがほのめかされる。

[49] アルビヨンの娘たちの幻覚

夜はため息ばかりつき、朝になれば、また新たな
　　　　　　　　　　　　　　涙にくれるのです。
ブロミオンの他には誰も私の嘆きを聞けないのです。

どの感覚器官を頼りにして鶏は貪欲な鷹を
　　　　　　　　　　　　　　避けるのかしら。
どの感覚器官を頼りにして従順な鳩は大空の広さを
　　　　　　　　　　　　　　測るのかしら。
どの感覚器官を頼りにして蜂は巣を作るのかしら。
　　　　　　　　　　　　　　　　鼠や蛙は
眼や耳や触覚がないのかしら。けれどこうした
　　　　　　　　　　　　　　生き物の
住処も営みもその姿や喜びが違うように
　　　　　　　　　　　　　　様々です。
尋ねて下さい、野生の驢馬はなぜ積荷を嫌うのか、と
　　　　　　　　　　そして、おとなしい駱駝に
なぜ人間が好きなのか、と。それは眼、耳、口、
　　　　　　　　　　　　　　皮膚、
息する鼻孔があるからですか。違います。こういう
　　　　　　　　　　ものは狼や虎も持っています。
盲の蚯蚓に、尋ねて下さい、お墓の秘密を、

                                            why her spires
Love to curl round the bones of death ; and ask the
                                            rav'nous snake
Where she gets poison, & the wing'd eagle why he
                                            loves the sun ;
And then tell me the thoughts of man, that have
                                            been hid of old.

Silent I hover all the night, and all day could be
                                            silent, 75
If Theotormon once would turn his loved eyes
                                            upon me.
How can I be defil'd when I reflect thy image
                                            pure?
Sweetest the fruit that the worm feeds on, & the
                                            soul prey'd on by woe,
The new wash'd lamb ting'd with the village
                                            smoke, & the bright swan
By the red earth of our immortal river. I bathe my
                                            wings, 80
And I am white and pure to hover round Theotor-

---

74 of old 「昔から」。 **80 red earth** 「赤土」とはアダムのこと。『天国と地獄の結婚』の「序の歌」の 13 行目の注参照。

なぜそのねじれた体は
死者の骨に好んで巻きつくのか、と。そして貪欲な蛇に
　　　　　　　　　　　　　　　　　　　尋ねて下さい、
どこで毒を手に入れるのか、また翼ある鷲にはなぜ太陽を
　　　　　　　　　　　　愛するのか、と尋ねて下さい。
それから私に人の思いを教えて下さい、昔から
　　　　　　　　隠されてきているものを。

私は夜通し黙ってさまよい、昼間も黙って
　　　　　　　　　　　　　　　　いられます、
もしセオトーモンがいとしい目を一度でも
　　　　　　　　　　私に向けてくれたなら。
私があなたの清い姿を映しているというのに、どうして
　　　　　　　　　　　　　　　汚(けが)れていられましょうか。
最も甘美なものは虫食いの果物、哀しみの
　　　　　　　　　　　　餌食になった心、
洗い立ての子羊も村の煙で汚れ、
　　　　　　　　　　輝く白鳥も
不滅の川の赤土の近くで汚れてしまう。私は
　　　　　　　　　　　　　　　翼を浸し、
純白で汚れなくセオトーモンの胸のまわりを

mon's breast.

Then Theotormon broke his silence, and he
answered.

Tell me what is the night or day to one o'erflow'd
with woe?
Tell me what is a thought, & of what substance is
it made?
Tell me what is a joy, & in what gardens do joys
grow? 85
And in what rivers swim the sorrows? and upon
what mountains
Wave shadows of discontent? and in what houses
dwell the wretched,
Drunken with woe, forgotten, and shut up from
cold despair?

Tell me where dwell the thoughts forgotten till
thou call them forth?
Tell me where dwell the joys of old? & where the

83-97 セオトーモンは懐疑を表現している。彼は嫉妬に閉じ込められており、自分の純潔を認めて欲しいというウースーンの訴えに誠実に答えない。 88 **Drunken with woe, forgotten**=having forgotten their misery in drink. 90 **of old**「昔の」。

　　　　　　　　　　　飛びまわるの」

セオトーモンは沈黙を破り、こう
　　　　　　　　答えた。

「僕に教えてくれ、哀しみにくれる者にとって、昼や夜が
　　　　　　　　　　　　　　　何だというのか。
僕に教えてくれ、思いとは何か、それは何で
　　　　　　　　出来ているのか。
僕に教えてくれ、喜びとは何か、そしてどんな庭に喜びは
　　　　　　　　　　　　　生えているのか。
悲しみはどんな川で泳いでいるのか。どんな
　　　　　　　　　　　山の上で
不満の影は揺れているのか。哀れな男はどんな家に
　　　　　　　　　　　住んでいるのか、
哀しみに酔い、忘れられ、冷たい絶望からも
　　　　　　　　閉ざされて。

僕に教えてくれ、おまえが思い出すまで、忘れられた思いは
　　　　　　　　　　　　　　どこにあるのか。
僕に教えてくれ、昔の喜びはどこにあるのか、

            ancient loves? 90
And when will they renew again & the night of
            oblivion past?
That I might traverse times & spaces far remote
            and bring
Comforts into a present sorrow and a night of pain.
Where goest thou, O thought? to what remote land
            is thy flight?
If thou returnest to the present moment of afflic-
            tion 95
Wilt thou bring comforts on thy wings, and dews
            and honey and balm,
Or poison from the desert wilds, from the eyes of
            the envier?

Then Bromion said, and shook the cavern with
            his lamentation:

Thou knowest that the ancient trees seen by thine
            eyes have fruit;
But knowest thou that trees and fruits flourish

---

91 they=the thought, joys and loves. **past**=be past. **99 ancient trees** 罪と堕落を暗示。 **99-110** ブロミオンは既成の物の見方や既成の価値に対して「平凡な男」の訴えをする。人間は「眼が見るもの」(99行目)を信じ、「物質的所有」(106行目)を維持し、「掟」(108行目)を守り、「想像力の幻覚」(109-110行目)を抑えなければならないとブロミオンは思っている。しかし彼は自己の理解力を越えた

　　　　　　　　　　　　　太古の恋はどこに。
そしていつその思いや喜びや恋がまた新しくなり、
　　　　　　　　　　忘却の夜が過ぎるのか教えてくれ。
僕がはるか遠くの時間と空間を
　　　　　　　　　　横切って、
現在の悲しみと苦悩の夜に慰めをもたらすことができるように。
おお思いよ、おまえはどこに行くのか、どんな遠い土地に
　　　　　　　　　　　　　　　飛んで行くのか。
もしおまえが今の苦しい瞬間に戻って
　　　　　　　　くれるなら
おまえの翼にのせて慰めや露や蜜や香料を
　　　　　　　　　　　運んでくるのか、
それとも嫉妬する男の眼をかすめて、荒野から毒でも
　　　　　　　　　　　　　　　運んでくるのか」

そのときブロミオンが言った。そしてその嘆きで洞窟を
　　　　　　　　　　　　　　　震わせた。

「おまえは大昔の木に実がなるのを自分の眼で見て
　　　　　　　　　　　知っている。
だが、おまえはその木や実がだれも知らない感覚を

真実があることも、知っているようにみえる(Kennedy, p. 218)。ブレイクの「悪人」は絶対的な悪というよりは、ヴィジョンを欠いている者のことである。

                              upon the earth 100
To gratify senses unknown? trees, beasts and
                              birds unknown;
Unknown, not unperciev'd, spread in the infinite
                              microscope,
In places yet unvisited by the voyager, and in
                              worlds
Over another kind of seas, and in atmospheres
                              unknown?
Ah! are there other wars beside the wars of sword
                              and fire? 105
And are there other sorrows beside the sorrows of
                              poverty?
And are there other joys beside the joys of riches
                              and ease?
And is there not one law for both the lion and the
                              ox?
And is there not eternal fire and eternal chains
To bind the phantoms of existence from eternal
                              life? 110

---

101 gratify=give pleasure to, satisfy. **102 unperciev'd**=unperceived.

　　　　　　　　　　　　満足させるために
大地で育つのを知っているのか。未知の木々や獣や
　　　　　　　　　　　　　　　　鳥たちが、
知られてはいないが、ひっそりと、無限の
　　　　　　　　　　　　顕微鏡に、
まだ航海者が訪れたことのない場所に、この世ならぬ
　　　　　　　　　　　　　　海を越えた世界に、
だれも知らない大気の中に分布しているのを
　　　　　　　　　　　知っているのか。
ああ！　剣と火の戦い以外の別の戦いが
　　　　　　　　　　　あるのか。
貧乏の悲しみ以外の別の悲しみが
　　　　　　　　　あるのか。
富と安楽の喜び以外の別の喜びが
　　　　　　　　　あるのか。
獅子と牡牛の両方に通用する一つの掟は
　　　　　　　　　　　ないのか。
永遠の火と、永遠の生命(いのち)から
存在の亡霊を縛るための永遠の鎖は
　　　　　　　　ないのか」

Then Oothoon waited silent all the day, and all the night,
But when the morn arose, her lamentation renewd,
The Daughters of Albion hear her woes, & eccho back her sighs.

O Urizen! Creator of men! mistaken Demon of heaven!
Thy joys are tears, thy labour vain to form men to thine image. 115
How can one joy absorb another? are not different joys
Holy, eternal, infinite? and each joy is a Love.

Does not the great mouth laugh at a gift? & the narrow eyelids mock
At the labour that is above payment? And wilt thou take the ape
For thy councellor, or the dog for a schoolmaster to thy children? 120

---

114 Urizen＝Your Reason. ブレイクはこの作品で初めて、ユリゼンという名前を使用した。以後の作品で、ユリゼンはブレイクの神話体系の重要な象徴となっていくのだが、ここでは「自分の姿に似せて人間をつくった者」「人間の創造者」として登場する。ここから215行目まではウースーンの言葉である。　**116-127**　ブロミオンの知的な議論に対する論破。いろいろな種類の喜びがあり、あらゆる人は独特の

それを聞いてウースーンは昼も夜も黙って
　　　　　　　　　　　　　　待っていたが、
朝が来ると、彼女の嘆きはまた新たになり、
アルビョンの娘たちはその哀しみを聞き、そのため息を
　　　　　　　　　　　　　こだまにして返す。

「おお、ユリゼン、人間の創造者よ、過ちを犯した
　　　　　　　　　　　　　　　　天の悪魔よ、
あなたの喜びは涙、自分の姿に似せて人間をつくった
　　　　　　　　　あなたの労働は空(むな)しいのです。
どのようにひとつの喜びは別の喜びを吸収するのですか。
　　　　　　　　　　　　　　　　　　様々の喜びは
神聖でも永遠でも無限でもないのですか。それぞれの
　　　　　　　　喜びはひとつの愛なのに。

大きな口は天賦(てんぷ)の才を笑わないでしょうか。
　　　　　　　　　　細い眼は支払い以上の
労働を嘲(あざけ)らないでしょうか。あなたは
　　　　　　　　　　　　　　　　　猿を
相談相手に選び、犬を自分の子どもの教師に選ぶ
　　　　　　　　　　つもりなのですか。

───────

個性をもっている。　**116-151**　ウースーンは地主制度(126行目)、十分の一税(128行目)、女性の抑圧などを弾劾する。　**120　councellor**＝counsellor.

Does he who contemns poverty, and he who turns with abhorrence
From usury feel the same passion, or are they moved alike?
How can the giver of gifts experience the delights of the merchant?
How the industrious citizen the pains of the husbandman?
How different far the fat-fed hireling with hollow drum, 125
Who buys whole corn fields into wastes, and sings upon the heath!
How different their eye and ear! how different the world to them!
With what sense does the parson claim the labour of the farmer?
What are his nets & gins & traps; & how does he surround him
With cold floods of abstraction, and with forests of solitude, 130
To build him castles and high spires, where king &

125-131 ブレイクは「自然の富と人力を戦争に浪費すること」と「囲い込みおよび農業の衰退」を関係づけている。イギリスとフランスとの間の敵対関係は 1793 年 2 月に始まった (Mason, p. 550)。 **128 the parson claim the labour of the farmer** 十分の一税(tithe)のこと。教会維持のために、教区民が毎年おもに農作物の十分の一を納めた。

貧乏を軽蔑する人と、高利貸しに嫌悪感で顔を
　　　　　　　　　　　　　　　　そむける人は
同じ感情をいだいたり、同じように感動するで
　　　　　　　　　　　　　　　　　しょうか。
どうして贈り物を与える人が商人の喜びを経験できるで
　　　　　　　　　　　　　　　　　　　しょうか。
どうして勤勉な市民が農夫の苦しみを経験できるで
　　　　　　　　　　　　　　　　　しょうか。
空ろな太鼓を持った太った雇われ人とは
　　　　　　　　　なんと違うことでしょう！
彼は小麦畑を買い占め荒廃させ、荒地で
　　　　　　　　　　　　歌うのです。
彼らの眼や耳はなんと違うことでしょう！　彼らにとっては
　　　　　　　　　　　　　世界がなんと違うことでしょう！
どんな気持で牧師は農民の労働を
　　　　　　　要求するのでしょう。
牧師の網や罠や仕掛けはどういうものですか。
　　　　　　　　　　どのようにして牧師は
冷たい抽象理論の洪水や孤独の森で、自分をすっかり
　　　　　　　　　　　　　　　　　　　　囲って、
そこに王様や聖職者が住むかもしれないお城や高い塔を

                                    priests may dwell.
Till she who burns with youth, and knows no fixed
                                              lot, is bound
In spells of law to one she loaths: and must she
                                       drag the chain
Of life in weary lust? must chilling murderous
                                  thoughts obscure
The clear heaven of her eternal spring; to bear the
                                       wintry rage 135
Of a harsh terror, driv'n to madness, bound to hold
                                              a rod
Over her shrinking shoulders all the day; & all
                                         the night
To turn the wheel of false desire: and longings
                                   that wake her womb
To the abhorred birth of cherubs in the human
                                             form,
That live a pestilence & die a meteor, & are no
                                          more. 140
Till the child dwell with one he hates, and do the
                                     deed he loaths,

132-143 愛のない結婚関係における妻に対する慣習的規則、彼女に始まり子どもたちに続く性的堕落、それらによってもたらされる結果のぞっとするような描写である。 **133 loaths**=loathes. **138 wake her womb** 「子宮を目覚めさす」。ブレイクの時代の性生理学では、女性の全生殖器は、卵巣で起こる男性の射精とともに、覚醒とオルガスムに参加すると考えられていた。 **139 cherubs**=crea-

[49] アルビヨンの娘たちの幻覚

　　　　　　　　　　　　　　　　　　　築くのですか。
そのあげく若さで燃え、定められた運命を何も知らない娘が、
　　　　　　　　　　　　　　　　法の呪文の中で
自分が嫌う男に縛られてしまう。娘はものうげな欲情を
　　　　　　　　　　　　　　　　　　　　　　抱いて
人生の鎖を引きずらなければならないのですか。人殺しの
　　　　　　　　　　　　　　　　　　　冷酷な思いが
娘の永遠の春の澄んだ空を曇らせ、厳しく
　　　　　　　　　　　　　　恐ろしい
冬の猛威に耐えさせ、狂気へと
　　　　　　　　　　追いやられ、
一日じゅう彼女の縮(ちぢ)んでゆく両肩に鞭を受けさせ、
　　　　　　　　　　　　　　　　　　一晩じゅう
虚偽の欲望の車輪を回させるのです。彼女の
　　　　　　　　　　　子宮を目覚めさせ、
人間の姿をした天使たちのぞっとする誕生に
　　　　　　　　　　　　　　　　至らせ、
疫病として生き、流星のように死に、存在しなくなって
　　　　　　　　　　　　　　　　くれたらと望むのです。
やがてその子どもは自分の憎む人と住み、
　　　　　　　　　嫌なことをし、

---

tures of reason.　**140　live a pestilence**　性病のイメジ。

And the impure scourge force his seed into its unripe birth
Ere yet his eyelids can behold the arrows of the day.

Does the whale worship at thy footsteps as the hungry dog?
Or does he scent the mountain prey because his nostrils wide 145
Draw in the ocean? does his eye discern the flying cloud
As the raven's eye? or does he measure the expanse like the vulture?
Does the still spider view the cliffs where eagles hide their young?
Or does the fly rejoice because the harvest is brought in?
Does not the eagle scorn the earth & despise the treasures beneath? 150
But the mole knoweth what is there, & the worm shall tell it thee.

144-155 あらゆる生物はそれ特有の本能に従う。われわれは「蚯蚓」からでさえ何かを学ぶことができる。人間も他の生物同様に「至福を味わう」べきである。

汚(けが)れた鞭がその子種を月足らずで無理やり
　　　　　　　　　誕生させてしまうのです、
まだその瞼(まぶた)が明けの光の矢を見ることができない
　　　　　　　　　　　　　　　　うちに。

鯨(くじら)は飢えた犬のようにあなたの足元で拝むで
　　　　　　　　　　　　　しょうか。
鯨の大きな鼻孔は大洋を吸い込むからと
　　　　　　　　　　　　いって、
山の餌食を嗅ぎつけますか。鯨の眼は大鴉(おおがらす)の
　　　　　　　　　　　　眼のように
流れる雲を見分けますか。鯨は禿鷹(はげたか)のように大空を
　　　　　　　　　　　　　測りますか。
動かぬ蜘蛛(くも)は鷲(わし)が雛(ひな)を隠す崖を
　　　　　　　発見しますか。
蠅は収穫が終わったからと、
　　　　　喜びますか。
鷲は大地を蔑(さげす)み、地下の財宝を軽蔑しないで
　　　　　　　　　　　　しょうか。
けれど土竜(もぐら)はそこに何があるかを知っていて、蚯蚓(みみず)が
　　　　それをあなたに教えるでしょう。

Does not the worm erect a pillar in the mouldering
                                     church yard?
And a palace of eternity in the jaws of the hungry
                                     grave?
Over his porch these words are written: Take thy
                                     bliss, O Man!
And sweet shall be thy taste, & sweet thy infant
                                     joys renew! 155

Infancy! fearless, lustful, happy, nestling for
                                     delight
In laps of pleasure; Innocence! honest, open, seek-
                                     ing
The vigorous joys of morning light; open to virgin
                                     bliss.
Who taught thee modesty, subtil modesty, child of
                                     night & sleep?
When thou awakest wilt thou dissemble all thy
                                     secret joys, 160
Or wert thou not awake when all this mystery was
                                     disclos'd?

---

155 sweet 最初の sweet は形容詞、次の sweet は副詞的に用いられている。『無垢の歌』の「「喜び」という名の幼な子」参照。 **156-165**「真の無垢」と「偽善的な慎み深さ」の対照が強調されている。 **158 open to virgin bliss** 「処女の至上の喜びに対して開いている」とは性的快感のことか。 **160 dissemble**＝conceal (one's feelings); be insincere. **161 wert**＝wast. 2人称単数 art の過去形。

[49] アルビヨンの娘たちの幻覚

蚯蚓は朽ちかけた墓場に柱を立てたり、飢えた墓の
　　　　　　　　　　　　顎(あご)のなかに
永遠の宮殿を建てたりしないで
　　　　　　　　しょうか。
その戸口にこう書いてあります。「汝の至福を得よ、
　　　　　　　　　　　　　おお人間よ！
そうすれば汝の味覚は甘やかになり、汝の幼な子の喜びは
　　　　　　　　　　快く 甦(よみがえ)るであろう！」

不安もなく、貪欲で、幸せで、快楽の膝の中で
　　　　　　　　　　　　　　　歓びを求めて
寄り添っている幼き日よ！　誠実で、
　　　　　　　　　大らかで、
朝の光の活気ある喜びを求め、処女の至上の喜びに対して
　　　　　　　　　　　　　開かれている無垢よ！
だれが夜と眠りの子どもであるおまえに、慎み深さ、
　　　　　　　巧みな慎み深さを教えたのですか。
おまえは目が覚めたら、おまえのひそかな喜びをすべて
　　　　　　　　　　　包み隠すつもりなのですか。
それともこの神秘が明らかになっても目が
　　　　　　　覚めなかったのですか。

Then com'st thou forth a modest virgin knowing to dissemble,
With nets found under thy night pillow, to catch virgin joy,
And brand it with the name of whore, & sell it in the night,
In silence, ev'n without a whisper, and in seeming sleep. 165
Religious dreams and holy vespers, light thy smoky fires:
Once were thy fires lighted by the eyes of honest morn.
And does my Theotormon seek this hypocrite modesty,
This knowing, artful, secret, fearful, cautious, trembling hypocrite?
Then is Oothoon a whore indeed! and all the virgin joys 170
Of life are harlots: and Theotormon is a sick man's dream,
And Oothoon is the crafty slave of selfish holiness.

---

164 brand it with the name of whore 「娼婦の名を貼りつける」。'it' は 'virgin joy' をさす。 **166 vespers**「晩禱」。 **fires**「情欲」。 **168 hypocrite modesty**「偽善的な慎み深さ」。 **172 selfish holiness** 身勝手で聖者ぶった男のこと。セオトーモンをさす。

それからおまえは包み隠すことを知っている
　　　　　　　慎み深い処女になりすますのです。
夜の枕の下で見つかった網で、処女の喜びを
　　　　　　　　　　　　　　捕らえて、
それに娼婦の名を貼りつけ、夜にそれを
　　　　　　　　　　　　売るのです、
無言のまま囁(ささや)き声すら立てず、眠った
　　　　　　　　ふりをして。
敬虔な夢や聖なる晩禱がおまえのくすぶる情欲に
　　　　　　　　　　　　火をつけるのです。
おまえの火はかつて誠実な朝の眼によって
　　　　　　　点(とも)されたものなのです。
私のセオトーモンはこの偽善的な慎み深さを
　　　　　　　　　求めるのですか、
この物知りで、狡猾で、口を閉ざし、恐れで一杯の、
　　　　　　用心深く、震えている偽善者は。
ウースーンこそ本当の娼婦なのです！　そして処女の
　　　　　　　　　　すべての生命(いのち)の喜びは
売女(ばいた)なのです。セオトーモンは病んだ
　　　　　　　　男の夢なのです。
ウースーンは利己的な神聖さにかしずく悪賢い奴隷なのです。

But Oothoon is not so, a virgin fill'd with virgin fancies,
Open to joy and to delight where ever beauty appears;
If in the morning sun I find it, there my eyes are fix'd 175
In happy copulation; if in evening mild, wearied with work,
Sit on a bank and draw the pleasures of this free born joy.

The moment of desire! the moment of desire! The virgin
That pines for man shall awaken her womb to enormous joys
In the secret shadows of her chamber: the youth shut up from 180
The lustful joy, shall forget to generate & create an amorous image
In the shadows of his curtains and in the folds of

---

175 it 'beauty' をさす。 **176 In happy copulation** このようなメタファーの使用は、ブレイクの性的快楽の自然さの無理のない主張の典型である。 **178-186** 慣習的な道徳を支持して、知的論争と宗教的論争を対立させるブレイクの方法のいい例である。ブレイクはここで恐ろしい人間の姿を示している。つまり、すべてのものは影であり、十分には生きていないのである。 **179 pines for** 「思い焦がれる」。

いいえ、ウースーンはそうではありません。処女の思いに
　　　　　　　　　　　　　　　　　　　　　　満たされ、
美の現われるところならどこでも喜びと歓(よろこ)びを
　　　　　　　　　　　　　　受け入れる処女なのです。
もし朝日のなかで美をみつけたら、
　　　　　　　　　　　　　　私の眼は
幸せな交合に注(そそ)がれ、穏やかな夕べなら、
　　　　　　　　　　　　　　　仕事に疲れて、
土手に坐り、この自由な身に生まれた喜びの
　　　　　　　　　　　　快楽を吸うのです。

欲望の時よ、欲望の時よ、
　　　　　　　　　　　処女は
男を焦がれ、自分の部屋の
　　　　　ひそかな暗闇で
巨大な喜びへと子宮を目覚めさせるのです。
　　　　　　　　　　　　　　　　　　若者は
情欲の喜びから締め出されると生殖を
　　　　　　　　　　　　忘れてしまい、
カーテンの暗闇や静かな枕の襞(ひだ)のなかで好色な女を

                              his silent pillow.
Are not these the places of religion? the rewards
                              of continence,
The self enjoyings of self denial? Why dost thou
                              seek religion?
Is it because acts are not lovely that thou seekest
                              solitude, 185
Where the horrible darkness is impressed with
                              reflections of desire?

Father of Jealousy, be thou accursed from the
                              earth!
Why hast thou taught my Theotormon this
                              accursed thing?
Till beauty fades from off my shoulders, darken'd
                              and cast out,
A solitary shadow wailing on the margin of non-
                              entity. 190

I cry: Love! Love! Love! happy happy Love! free
                              as the mountain wind!

---

183 **continence**「(性欲の)節制」。 187 **Father of Jealousy**「嫉妬の父」とは、ユリゼンのこと。 **be thou accursed**「呪いをうけろ」。

　　　　　　　　　　　　　思い描くのです。
こういうのは宗教の場所ではないでしょう。
　　　　　　　　　　　　節制の報い、
自己否定の自己満足ではありませんか。なぜあなたは
　　　　　　　　　　　　　宗教を求めるのですか。
あなたが孤独を求める行為が美しくないから
　　　　　　　　　　　　　　　　ですか。
そこでは恐ろしい闇に欲望の影が刻まれて
　　　　　　　　　　　　　　いるのです。

嫉妬の父よ、大地の呪いを
　　　　　　　　うけるがいい！
なぜあなたは私のセオトーモンにこの呪わしいことを
　　　　　　　　　　　　　　教えたのですか。
とうとう美が私の肩から褪せ、黒ずみ、
　　　　　　　　　　見捨てられて、
孤独な影が非存在の端で嘆いて
　　　　　　　　　いるのに。

私は叫びます。愛！　愛！　愛！　幸せな幸せな愛！
　　　　　　　　山風のように自由な愛よ！

Can that be Love, that drinks another as a sponge
                                drinks water,
That clouds with jealousy his nights, with weep-
                                ings all the day,
To spin a web of age around him, grey and hoary,
                                dark,
Till his eyes sicken at the fruit that hangs before
                                his sight? 195
Such is self-love that envies all, a creeping skele-
                                ton
With lamplike eyes watching around the frozen
                                marriage bed.

But silken nets and traps of adamant will Oothoon
                                spread,
And catch for thee girls of mild silver, or of furious
                                gold;
I'll lie beside thee on a bank & view their wanton
                                play 200
In lovely copulation, bliss on bliss, with Theotor-
                                mon:

---

194 web of age 「老いの巣」。 **195 fruit** 嫉妬の果実である。
198 of adamant 'nets' と 'traps' の両方にかかる。 **198-202** 多くの注釈者はこの幻想をウースーンの寛大さ、セオトーモンの嫉妬からできるだけかけ離れている態度、の表現として喜んで受け入れている。しかし、少女を網や罠で捕らえることは、ハエトリグサ(Venus's-flytrap)や、罠に捕らえて昆虫を食べてしまう植物(catch-

愛とは、海綿が水を吸うように他人を
　　　　　　　　　　　　　　　吸い込み、
他人の夜を嫉妬で、昼間を嘆きで
　　　　　　　　　　　曇らせ、
その人のまわりに灰色で古びた、暗い老いの
　　　　　　　　　　　　　　　　巣を張り、
ついには眼前に垂れ下がっている果実を見て
　　　眼が萎んでしまう、そういうものですか。
そういうのは何にでも嫉妬する自己愛で、凍った
　　　　　　　　　　　　　婚姻の床のまわりを
ランプのような眼で見る、忍び寄る
　　　　　　　　　　骸骨なのです。

でも絹で出来た堅固無比な網と罠をウースーンは
　　　　　　　　　　　　　　　　　　広げて、
あなたのために穏やかな銀の娘や、猛烈な金の娘を
　　　　　　　　　　　　　　　捕らえるでしょう。
私は土手の上であなたのそばに横たわり、娘たちが
　　　　　　　　　　　　　　　　　セオトーモンと
歓喜に歓喜を重ねて、楽しく交合する淫らな戯れを
　　　　　　　　　　　　　見るでしょう。

---

fly)への言及があるとしても、「自由な愛」にふさわしいイメージではない。　**198-204**　セオトーモンにハーレムを提供するというウースーン自身のヴィジョンは、嫉妬の極端な反対物を表現する彼女の方法である。寛大さには限りがない。　**200　wanton play**　「淫らな戯れ」。'play' は名詞。

Red as the rosy morning, lustful as the first born beam,
Oothoon shall view his dear delight, nor e'er with jealous cloud
Come in the heaven of generous love, nor selfish blightings bring.

Does the sun walk in glorious raiment on the secret floor 205
Where the cold miser spreads his gold; or does the bright cloud drop
On his stone threshold? does his eye behold the beam that brings
Expansion to the eye of pity? or will he bind himself
Beside the ox to thy hard furrow? does not that mild beam blot
The bat, the owl, the glowing tyger, and the king of night? 210
The sea fowl takes the wintry blast for a cov'ring to her limbs,

---

203　e'er＝ever. この 'ever' は強調。　**205　raiment**《文》＝clothing.　**205-212**　あらゆる邪悪なものは太陽を避ける。　**209　blot**＝put out of sight, obscure, eclipse.

[49] アルビヨンの娘たちの幻覚

薔薇色(ばらいろ)の朝のように赤く、初めて生まれた光のように
　　　　　　　　　　　　　　　　　　　　好色に
ウースーンは彼のいとしい歓びを眺めるでしょう。
　　　　　　　　　　決して嫉妬の雲を抱いて
寛大な愛の天国に入ることも、自分勝手な妨害行為を
　　　　　　　　　　　持ち込むこともないでしょう。

太陽は壮麗な衣装で
　　　　　歩きますか、
冷酷な守銭奴が自分の金貨を広げる秘密の床の上を。また、
　　　　　　　　　　　　　　　　　　　　輝く雲が
守銭奴の石の敷居に落ちるでしょうか。彼の眼は哀れみの
　　　　　　　　　　　　　　　　　　眼へと広がる光線を
見るでしょうか。それとも彼は牡牛のそばで
　　　　　　　　　　　　　　つらい畑仕事に
自分を縛りつけるでしょうか。あの
　　　　　　　穏やかな光線は
蝙蝠(こうもり)や梟(ふくろう)や輝く虎や夜の王者を見えなく
　　　　　　　　　　　　　させませんか。
海の鳥は冬の突風を足の覆いと
　　　　　　　　思い、

And the wild snake the pestilence to adorn him with gems & gold;
And trees, & birds, & beasts, & men behold their eternal joy.
Arise, you little glancing wings, and sing your infant joy!
Arise, and drink your bliss, for every thing that lives is holy! 215

Thus every morning wails Oothoon; but Theotormon sits
Upon the margin'd ocean conversing with shadows dire.

The Daughters of Albion hear her woes, & eccho back her sighs.

---

214 glancing＞glance＝shine briefly; glint. **sing your infant joy**＝express youthful happiness in song. **215 every thing ... is holy**「生けるものはすべて神聖である」。ブレイクの全作品に3度出てくる宣言である。 **217 shadows dire**＝suppressed, and therefore poisonous, desires.

野の蛇は宝石や黄金で自分を飾るのに
　　　　　　　　　　悪疫をもってし、
木も鳥も獣も人間も永遠の喜びを
　　　　　　　　見るのです。
起きなさい、おまえ、小さな煌（きら）めく翼よ、そして
　　　　　　　　　幼き日の喜びを歌うのです。
起きなさい、おまえの至福を飲みなさい。なぜなら
　　　　　　　生けるものはすべて神聖なのです！」

このように毎朝、ウースーンは嘆く。だが
　　　　　　　　　　　　セオトーモンは
縁どられた大洋に坐り、恐ろしい影たちと
　　　　　　　　　　　語り合うのだ。

アルビヨンの娘たちはその哀しみを聞き、そのため息を
　　　　　　　　　　　こだまにして返す。

V

〈『詩的素描』より〉
From *Poetical Sketches*

「アルビヨンは立ち上がった」(「歓びの日」)

[50]　To Spring

O thou with dewy locks, who lookest down
Thro' the clear windows of the morning, turn
Thine angel eyes upon our western isle,
Which in full choir hails thy approach, O Spring!

The hills tell each other, and the list'ning   5
Vallies hear; all our longing eyes are turned
Up to thy bright pavillions: issue forth,
And let thy holy feet visit our clime.

Come o'er the eastern hills, and let our winds
Kiss thy perfumed garments; let us taste   10
Thy morn and evening breath; scatter thy pearls
Upon our love-sick land that mourns for thee.

O deck her forth with thy fair fingers; pour
Thy soft kisses on her bosom; and put

---

[50] 以下「冬に」までの詩は不規則なブランク・ヴァースで書かれている。 1 **thou**=you. **locks**=the hair of the head. **lookest**=look. 2 **Thro'**=Through. **the clear windows** 朝空を「きよらかな窓」に見立てた比喩。 3 **Thine**=Thy=Your. **angel**=angelic. **our western isle**=British Isles. 4 **thy**=your. 5 **list'ning**=listening. 6 **Vallies**=Valleys. 7 **pavillions**=pavilions=cano-

[50] 春　に

おお、露に髪を濡らし、朝のきよらかな窓ごしに
下界を見おろす君よ、君の天使のまなざしを
われらが西の島に向けよ。
島は歌声を合わせ君の到来を歓迎する、おお春よ。

丘は互いに語り合い、耳をすまし
谷は聴く。われらの憧れの眼はすべて
君の輝く天の館(やかた)に向けられる。館を出て
君の聖なる足でわれらの国を訪れよ。

東の丘を越えて来たまえ。私たちの風に
君の香りのよい衣(ころも)に接吻させよ。朝な夕なの
君の息吹を味わわせよ。君の真珠を
君を恋い焦がれて嘆くこの国土に撒(ま)き散らせ。

おお、君の美しい指でこの国を飾れ。君の
やさしい接吻を彼女の胸に注げ。そして君の

---

pies, heavens, skies. 8 **clime**《詩》＝country. 9 **o'er**＝over. 11 **Thy** 'evening breath' にも掛かる。**breath**＝breeze. **pearls** 露、芽、花など「真珠」のように美しいもの。 12 **mourns** 春を愛するゆえに「嘆く」。 13 **deck her forth**＝deck our land out(「飾って目立つようにせよ」)。 13-16 **pour ... modest tresses** W. コリンズの『夕べのオード』(41-42行目)参照。

Thy golden crown upon her languish'd head,   15
Whose modest tresses were bound up for thee!

[51]　To Summer

O thou, who passest thro' our vallies in
Thy strength, curb thy fierce steeds, allay the heat
That flames from their large nostrils! thou, O
　　　　　　　　　　　　　　　　　　Summer,
Oft pitched'st here thy golden tent, and oft
Beneath our oaks hast slept, while we beheld   5
With joy thy ruddy limbs and flourishing hair.

Beneath our thickest shades we oft have heard
Thy voice, when noon upon his fervid car
Rode o'er the deep of heaven; beside our springs
Sit down, and in our mossy vallies, on   10
Some bank beside a river clear, throw thy

---

15 languish'd head ミルトンの『コーマス』(744行目)と『闘士サムソン』(119行目)参照。
[51]　**1 thro'**=through.　**vallies**=valleys. 10、13行目も同様。　**2 curb**=check, restrain.　**allay**=alleviate(「鎮める」).　**4 Oft**《文》=Often.　**pitched'st**＞pitch=erect and fix (a tent or camp).　**6 ruddy**「赤らんだ」。血色がいいことを表わす。　**8-9** ギリシア

黄金の冠をやつれ果てたこの国の頭(かぶ)に被せよ。
彼女のしとやかな髪は君のために束ねられたのだから。

[51] 夏　に

おお、威風堂々とわれらの谷間を過ぎる君よ、
君の猛(たけ)き駿馬(しゅんめ)の手綱を抑え、その大きな鼻孔から
燃え上がる灼熱を鎮めよ！　おお夏よ、
　　　　　　　　　　　　　　　君は、
しばしばここに黄金の天幕を張り、しばしば
われらのオークの樹の下で眠っていた、われらが
君の赤らんだ四肢や華やぐ髪をほれぼれと見ていた間に。

繁茂した木陰でわれらはしばしば聞いた、
君の声を、真昼が燃えさかる車に乗って
大空の深みを渡ってゆくとき。われらの泉のそばに坐れ。
われらの苔むす谷間のなか、水きよき
川のほとりの堤(つつみ)の上で、君の着ている絹ものを

―――――――
神話のアポロンのイメジである。

Silk draperies off, and rush into the stream:
Our vallies love the Summer in his pride.

Our bards are fam'd who strike the silver wire:
Our youths are bolder than the southern swains: 15
Our maidens fairer in the sprightly dance:
We lack not songs, nor instruments of joy,
Nor echoes sweet, nor waters clear as heaven,
Nor laurel wreaths against the sultry heat.

[52] To Autumn

O Autumn, laden with fruit, and stained
With the blood of the grape, pass not, but sit
Beneath my shady roof; there thou may'st rest,
And tune thy jolly voice to my fresh pipe;
And all the daughters of the year shall dance!   5
Sing now the lusty song of fruits and flowers.

---

12 **draperies**=draperys.　13 **pride**=best or exalted condition(「全盛期」).　14 **fam'd**=famed.　**who** 先行詞は 'Our bards'. **strike**=play on(「演奏する」).　15 **the southern swains** イタリア、南フランスあたりの若者。　16 **Our maidens fairer**=Our maidens are fairer than the southern maidens.　17 **instruments of joy**=joyful musical instrument.　19 **sultry**=hot and humid.

脱ぎ捨て、流れのなかに飛び込め。
われらの谷間は今を盛りの夏を愛するのだ。

銀の弦を打つわれらの詩人は誉(ほま)れ高い。
われらの若者は南国の若者より大胆だ。
われらの乙女は軽やかに舞うとき一際(ひときわ)美しい。
われらは不足しない。歌にも、喜びの楽器にも、
美しい谺(こだま)にも、天上のように澄んだ湖水にも、
さらには蒸し暑い灼熱を防ぐ月桂樹の冠にも。

[52]　秋　に

おお秋、果実もたわわに実り、葡萄(ぶどう)の血に
染められた君よ、過ぎ去らずに坐れ、
私の陰深い屋根の下に。そこで君は憩い、
私の新しい笛に合わせて君の喜びの歌をうたえ、
すると今年の娘たちもみな踊るだろう。
さあ、果実と花の力強い歌をうたえ。

──────────

[52]　**1 laden with fruit**　E. スペンサーの『妖精女王』の "Then came the Autumn all in yellow clad, / As though he joyed in his plenteous store, / Laden with fruits that made him laugh,"(Two Cantos of Mutabilitie, VII, 30, 1-3)参照。　**5 the daughters of the year**＝lovely produce of the year.

"The narrow bud opens her beauties to
The sun, and love runs in her thrilling veins ;
Blossoms hang round the brows of morning, and
Flourish down the bright cheek of modest eve,　　10
Till clust'ring Summer breaks forth into singing,
And feather'd clouds strew flowers round her head.

The spirits of the air live on the smells
Of fruit ; and joy, with pinions light, roves round
The gardens, or sits singing in the trees."　　15
Thus sang the jolly Autumn as he sat ;
Then rose, girded himself, and o'er the bleak
Hills fled from our sight ; but left his golden load.

[53]　To Winter

O Winter! bar thine adamantine doors :

---

10 Flourish「繁栄する」。　**11 clust'ring**=clustering. 'cluster'は「(葡萄、藤の花などの)房」の意。　**12 feather'd**=feathery.　**17 girded himself**=dressed himself.
[53]　**1 bar**「(ドアなどに)閂をさす」。　**thine**=thy=your. 母音またはh音で始まる名詞の前で用いる。　**adamantine** 'adamant' はギリシア語で「最も硬い金属」の意。

「細い蕾(つぼみ)は日の光のほうに美しい花びらを
開き、愛は脈うつ血管を流れる。
花は朝の額(ひたい)にかかり、
慎み深い夕べの輝く頰を華やかに飾る。
やがて夏はひとかたまりとなってたちまち歌い始め、
羽ある雲が夏の頭のまわりに花を撒(ま)き散らす。

空気の精霊は果実の匂いを吸って生き、
歓喜は翼も軽やかに花園の周囲を
さまようか、樹々のあいだに坐って歌う」
このように歓喜の秋は坐ったまま歌った。
やがて立ち上がり、身づくろいをし、荒涼たる丘を越えて
われらの視界から消えていった。だが、黄金の荷を残した。

［53］　冬　に

おお冬よ、君の堅固無比の扉に閂(かんぬき)をせよ。

The north is thine; there hast thou built thy dark
Deep-founded habitation. Shake not thy roofs,
Nor bend thy pillars with thine iron car.

He hears me not, but o'er the yawning deep 5
Rides heavy; his storms are unchain'd, sheathed
In ribbed steel; I dare not lift mine eyes,
For he hath rear'd his sceptre o'er the world.

Lo! now the direful monster, whose skin clings
To his strong bones, strides o'er the groaning rocks: 10
He withers all in silence, and in his hand
Unclothes the earth, and freezes up frail life.

He takes his seat upon the cliffs; the mariner
Cries in vain. Poor little wretch! that deal'st
With storms, till heaven smiles, and the monster 15
Is driv'n yelling to his caves beneath mount Hecla.

---

2 **thine**＝yours(「汝のもの」). 'thy' の独立形。 5 **He**＝Winter. **o'er**＝over. **the yawning deep**「広い海」。 7 **mine**《古・詩》＝my. 母音またはhで始まる名詞の前で用いる。 8 **sceptre**「(王権の表徴として王が持つ)笏」。 9 **Lo**＝Look. **the direful monster**「冬」のこと。 direful＝dreadful, terrible. 12 **Unclothes**＝Removes the clothes from. 14 **Cries in vain**「叫んでも無駄」。

[53] 冬 に

北は君の国だ。そこに君は礎石の深い暗黒の
住居を建てた。君の屋根を揺り動かすな、
また君の鉄車でその柱を曲げるな。

冬は私の言うことを聞かず、大きく口を開けた大海の上を
ずしんずしんと乗り越える。嵐は鎖を解かれた、
　鋼(はがね)の筋に包まれて。私は眼を上げられない、
彼が全世界を支配しているから。

見よ！　今、恐ろしい怪物はその皮を
　逞(たくま)しい骨にぴったりとつけ、呻(うめ)く岩石を
　　　　　　　　　　　　　　　　　　踏み跨(また)ぐ。
彼は万物を萎(しぼ)ませ黙らせ、その手は
大地を裸にし、もろい生命を凍らせる。

彼は断崖の上に座を占める。水夫は
叫ぶが空(むな)しい。嵐を相手に戦う哀れな
小さき者よ。やがて天が微笑(ほほえ)み、怪物は
ヘクラ山の麓(ふもと)の洞穴へ吼(ほ)えながら追いやられる。

Poor little wretch 'the mariner' をさす。　**16　driv'n**＝driven.
mount Hecla＝an Icelandic volcano Hekla. J. トムソンの『冬』
(888 行目)参照。

[54] To the Evening Star

Thou fair-hair'd angel of the evening,
Now, whilst the sun rests on the mountains, light
Thy bright torch of love; thy radiant crown
Put on, and smile upon our evening bed!
Smile on our loves, and, while thou drawest the 5
Blue curtains of the sky, scatter thy silver dew
On every flower that shuts its sweet eyes
In timely sleep. Let thy west wind sleep on
The lake; speak silence with thy glimmering eyes,
And wash the dusk with silver. Soon, full soon, 10
Dost thou withdraw; then the wolf rages wide,
And the lion glares thro' the dun forest:
The fleeces of our flocks are cover'd with
Thy sacred dew: protect them with thine influ-
　　　　　　　　　　　　　　　　　　　ence.

---

[54]　1　**fair-hair'd**＝fair-haired. 2 **whilst**＝while. 3-4 **thy radiant crown / Put on**＝Put on thy radiant crown〔命令文〕. 8 **timely sleep**「折よい眠り」. 8-10 **Let thy west wind...with silver** この3行は英語で書かれた詩のなかでも最も愛されている詩行の一つ. 10 **full soon**＝very soon. 11 **Dost thou withdraw**＝You withdraw. **wide** 副詞的用法. 12 **thro'**＝through.

[54] 宵の明星に

君、金髪の夕べの天使よ、
今、太陽が山の端にかかるとき、
明るい愛の松明をともし、輝かしい
冠をつけ、夕べの床に微笑みかけよ！
われらの恋人たちに微笑みかけよ、そして君が
大空の青い帳を引くあいだに、銀色の露を撒け、
麗しい眼を閉じて折よい眠りに入る
花々の上に。君の西風を湖の上に
眠らせよ。煌めく眼でしじまを語り、
銀色で薄暮れを洗え。やがて、すぐに
君は去り行く。そのとき狼が暴れ狂い、
獅子が薄暗い森に眼を光らす。
われらの羊の毛は君の聖なる露に
覆われる。君の霊力で彼らを守れ。

---

dun＝greyish-brown, brownish-grey.　**13　cover'd**＝covered.　**14 influence**　'in'(中に)＋'-flu'(流れる)＋'-ence'で、「流れ込んだもの」の意となる。神秘的な力。

[55]　To Morning

O holy virgin! clad in purest white,
Unlock heav'n's golden gates, and issue forth;
Awake the dawn that sleeps in heaven; let light
Rise from the chambers of the east, and bring
The honied dew that cometh on waking day.　　5
O radiant morning, salute the sun,
Rouz'd like a huntsman to the chace, and, with
Thy buskin'd feet, appear upon our hills.

[56]　Song (1)

How sweet I roam'd from field to field,
　　And tasted all the summer's pride,
Till I the prince of love beheld,

---

[55]　**2 heav'n's**=heaven's.　**4 chambers of the east** "He watereth the hills with his chambers."(『詩篇』104:13)参照。　**5 honied**=honeyed=sweet.　**7 Rouz'd**=Rouzed=Roused. **chace**=chase.　**8 buskin'd**=buskined. 'buskin' は古代ギリシア・ローマの悲劇役者の履いた「編み上げ半長靴」。俳優の背を高く見せるために履かせた。これは、高さのシンボリズムで俳優は神々や

[55] 朝　に

おお、聖なる処女よ！　真っ白い衣(ころも)をまとい、
大空の黄金の門を開(ひら)けて、出でよ。
空で眠っている暁を目覚めさせよ。東の
空から光を昇らせ、持ってこさせよ、
目覚める朝にやって来る甘い露を。
おお、輝ける朝よ、狩りにいく
猟師(バスキン)のように起こされて、太陽に挨拶(あいさつ)し、
半長靴を履いた脚でわれらの丘に現われよ。

[56]　ソング (1)

どんなに楽しく私は野から野へさまよい
　　夏の日の栄華を味わったことか。
やがて私は愛の王子を見た、

英雄のレベルまで自らを高めたのである (アト・ド・フリース『イメージ・シンボル事典』大修館書店、1984 年参照)。
[56]　この詩は、ブレイクがまだ 14 歳にもならない頃に書かれたと言われている。　**2 summer's pride**＝glory of summer.　**3 the prince of love**＝Eros.

Who in the sunny beams did glide!

He shew'd me lilies for my hair,　　　　5
　　And blushing roses for my brow;
He led me through his gardens fair,
　　Where all his golden pleasures grow.

With sweet May dews my wings were wet,
　　And Phœbus fir'd my vocal rage;　　　　10
He caught me in his silken net,
　　And shut me in his golden cage.

He loves to sit and hear me sing,
　　Then, laughing, sports and plays with me;
Then stretches out my golden wing,　　　　15
　　And mocks my loss of liberty.

---

4 **Who** 先行詞は 'the prince of love'。**glide**=move along smoothly. 5 **shew'd**=showed. **for my hair**「髪に挿すために、髪を飾るために」。 6 **blushing**=red. 9 **my wings** 恋の犠牲者である若者は翼を持っているから「サイキ」(=蝶)を想起させる。 10 **Phœbus** ポイボス(太陽神としてのアポロン)。**fir'd**=fired. **vocal rage**=passion for singing. 11 **He**=Prince of love. 12 **golden**

彼は白日の光のなかを滑っていく。

彼は私の髪にはと百合(ゆり)の花を
　　私の額(ひたい)にと赤らんだ薔薇(ばら)を見せた。
彼は私を美しい園へと連れていった、
　　そこにはあらゆる黄金の歓喜が育っている。

甘い五月の露で私の翼は濡れ、
　　ポイボスは私の歌う情熱に火をつけた。
彼は絹の網で私を捕らえ、
　　黄金の籠(かご)に私を閉じ込めた。

彼は坐って私が歌うのを聞くのが好きだ、
　　それから笑いながら、私と戯(たわむ)れ遊ぶ。
それから私の黄金の翼を引き伸ばし、
　　私の自由の喪失をあざ笑う。

---

cage　結婚あるいは恋愛のシンボル。ブレイクの『月の中の島』の祝婚歌 "Come & be eased of all your pains / In Matrimony's Golden cage." 参照。また『ピカリング稿本』の「水晶の部屋」("The Crystal Cabinet")参照。

[57]　Song (2)

My silks and fine array,
　My smiles and languish'd air,
By love are driv'n away;
　And mournful lean Despair
Brings me yew to deck my grave:　　　　　5
Such end true lovers have.

His face is fair as heav'n,
　When springing buds unfold;
O why to him was't giv'n,
　Whose heart is wintry cold?　　　　　10
His breast is love's all worship'd tomb,
Where all love's pilgrims come.

Bring me an axe and spade,
　Bring me a winding sheet;
When I my grave have made,　　　　　15

---

[57]　2　**languish'd**＝languished＝losed or lacked vitality.　**air**「様子」。　5　**yew**「水松」。死者を埋葬する際に、柩の上に水松の枝や花を撒く風習があった。"My shroud of white, stuck all with yew, O prepare it."(シェイクスピア『十二夜』II, iv, 56)参照。　**deck**＝decorate, dress up.　7　**His**「恋人の」。　9　**was't giv'n**＝was it given.　13　**axe**＝pickaxe(「鶴嘴」).　シェイクスピアの『ハムレッ

[57] ソング（2）

私の絹衣(きぬごろも)や晴衣(はれごろも)
　私の微笑やもの憂さは
恋によって追い払われる。
　嘆きやつれた絶望は
私の墓を飾れと水松(いちい)をくれる。
まことの恋人たちはこのような結末をもつ。

萌(も)え出づる蕾(つぼみ)が開くとき、
　彼の顔は空のように美しい。
おお、なぜ彼にそれが与えられたのか、
　彼の心は冬のように冷たいのに。
彼の胸はみんなに敬われる恋の墓、
すべての恋の巡礼が訪れるところ。

鶴嘴(つるはし)と鋤(すき)を持って来て、
　経帷子(きょうかたびら)を持って来て。
私が自分の墓を掘るとき、

─────────
ト』の墓掘りの歌を想起させる。"A pick-axe, and a spade, a spade,／For and a shrouding sheet：／O, a pit of clay for to be made／For such a guest is meet."（V, i, 91-94）参照。

Let winds and tempests beat :
Then down I'll lie, as cold as clay.
True love doth pass away !

[58]　Song (3)

Love and harmony combine,
And around our souls intwine,
While thy branches mix with mine,
And our roots together join.

Joys upon our branches sit,　　　　　　　　　　5
Chirping loud, and singing sweet ;
Like gentle streams beneath our feet
Innocence and virtue meet.

Thou the golden fruit dost bear,
I am clad in flowers fair ;　　　　　　　　　　10

---

[58]　恋人同士を「一つの根元から二つの幹が分かれた」相生樹に譬えている。　**3 mine**=my branches.　**6 sweet** 副詞的用法。　**9** 普通の語順にすると、Thou dost bear the golden fruit となる。'dost'《古》は 'do' の2人称単数現在形('thou' が主語のとき用いる)。**golden fruit** 子どものこと。　**10 clad**=clothed.

風も嵐も吹きつのれ。
それから私は土のように冷たく横たわろう、
まことの恋はかく過ぎ去る！

[58]　ソング(3)

愛と調和は結ばれ、
ぼくら二人の魂のまわりで絡み合う。
君の枝がぼくの枝と交わり、
二人の根っこは一緒になる。

喜びはぼくらの枝の上に坐り、
高らかに囀り美しく歌う。
二人の足元の穏やかな流れのように
無垢と美徳は出あう。

君は黄金の果実を生み、
ぼくは美しい花に包まれる。

Thy sweet boughs perfume the air,
And the turtle buildeth there.

There she sits and feeds her young,
Sweet I hear her mournful song;
And thy lovely leaves among,   15
There is love: I hear his tongue.

There his charming nest doth lay,
There he sleeps the night away;
There he sports along the day,
And doth among our branches play.   20

[59]   Song (4)

I love the jocund dance,
　　The softly-breathing song,
Where innocent eyes do glance,

12　**turtle**＝turtle-dove(「キジバト、山鳩」). 雌と雄の仲がむつまじいことで知られる。 **buildeth**＝builds. 14　**Sweet**　副詞的用法。
15　普通の語順にすると、And among thy lovely leaves となる。
16　**love**　「愛する者」とは、子どものこと。 19　**along the day**＝all the day long.
[59]　1　**jocund**＝merry, cheerful. 3　**Where**　「踊って、歌をう

君の甘い枝は空気を匂わせ、
山鳩はそこに巣を作る。

そこに山鳩は坐り雛(ひな)を育て、
ぼくはうっとりと彼女の悲しげな歌を聞く。
君の楽しい木の葉がくれに
愛する者がいるのだ、ぼくには彼の声が聞こえる。

そこに彼のすてきな巣があり、
そこで彼は夜もすがら眠る。
そこで一日じゅう戯(たわむ)れ、
ぼくら二人の枝のあいだで遊ぶ。

[59]　ソング(4)

ぼくは陽気な踊りを愛す、
　　やわらかに息づく歌を。
無垢な眼がそこに輝き、

───────
たう所では」。

And where lisps the maiden's tongue.

I love the laughing vale, 5
　I love the echoing hill,
Where mirth does never fail,
　And the jolly swain laughs his fill.

I love the pleasant cot,
　I love the innocent bow'r, 10
Where white and brown is our lot,
　Or fruit in the mid-day hour.

I love the oaken seat,
　Beneath the oaken tree,
Where all the old villagers meet, 15
　And laugh our sports to see.

I love our neighbours all,
　But, Kitty, I better love thee;
And love them I ever shall;
　But thou art all to me. 20

---

4 lisps「舌をもつれさせて発音する」。　**5 vale**《詩》=valley.　**7 fail**「不足する、切れる」。　**8 laughs his fill**「心ゆくまで笑う」。　**9 cot**《詩》=cottage.　**10 bow'r**=bower.　**11 white and brown**=white and brown bread.　**lot**「分け前」。　**16** 普通の語順にすると、And laugh to see our sports となる。　**18 Kitty**=Catherline, Katherline.　ブレイクの妻の名は 'Catherline'。

そこでは乙女が舌足らずにしゃべる。

ぼくは笑う谷間を愛し、
　　谺_{こだま}する丘を愛す。
そこでは慶_{よろこ}びが絶えることがなく、
　　陽気な若者は憚_{はばか}ることなく笑う。

ぼくは楽しい小屋を愛し、
　　無垢な田舎家を愛す。
そこでは白パンと黒パンがぼくらの分け前、
　　昼どきには果物が出る。

ぼくはオークの椅子_{いす}を愛す、
　　オークの樹の下の。
そこには村の老人たちが集まり、
　　ぼくたちの遊びを見て笑う。

ぼくは隣人をみな愛す、
　　だけど、キティー、だれよりも君を愛す。
ぼくは隣人をいつも愛する、
　　だけど君はぼくのすべてだ。

[60] Song (5)

Memory, hither come,
　And tune your merry notes;
And, while upon the wind
　Your music floats,
I'll pore upon the stream,
Where sighing lovers dream,
And fish for fancies as they pass
Within the watery glass.

I'll drink of the clear stream,
　And hear the linnet's song;
And there I'll lie and dream
　The day along:
And, when night comes, I'll go
　To places fit for woe,
Walking along the darken'd valley
　With silent Melancholy.

---

[60]　**1 hither**＝to or towards this place.　**5 pore upon**＝give close attention to.　**7 fish for**＝search for(「漁る、捜す」)。　**10 linnet's song** 'linnet' は「胸赤鶸」で、求愛のシンボル。"I heard a linnet courting / His lady in the spring:"(R. ブリッジズ『短詩集』I, 5)参照。　**16 Melancholy** 「憂鬱」。擬人化されている。

[60]　ソング (5)

思い出よ、ここに来て
　　君の楽しい曲を奏でてくれ。
風に乗って
　　君の音楽が漂うあいだに
私は嘆く恋人たちが夢見る
流れをじっと見つめ、
空想が水の鏡の中を過ぎるとき
その空想を釣りあげよう。

清らかな流れに水を飲み、
　　鷚(ひわ)の歌を聞こう。
そこに横になって
　　一日じゅう夢を見よう。
そして夜が来たら、行こう
　　悲哀にふさわしい所へ。
暗い谷間を歩こう、
　　物言わぬ憂鬱(ゆううつ)を連れて。

[61]　Mad Song

The wild winds weep,
　And the night is a-cold;
Come hither, Sleep,
　And my griefs infold:
But lo! the morning peeps　　　　　　　　　　5
　Over the eastern steeps,
And the rustling birds of dawn
The earth do scorn.

Lo! to the vault
　Of paved heaven　　　　　　　　　　　　　10
With sorrow fraught
　My notes are driven:
They strike the ear of night,
　Make weep the eyes of day;
They make mad the roaring winds,　　　　　　15
　And with tempests play.

---

[61]　**4 infold**=enfold. 原本には 'unfold'(「拡げる」)とあるが、ブレイク自身が 'infold'(「包む」)に訂正している。　**7 birds**　原本には 'beds'(「床」)とあるが、ブレイク自身が 'birds'(「鳥たち」)に訂正している。　**9-12 to the vault ... are driven**　普通の語順にすると、My notes are driven to the vault of paved heaven fraught with sorrow となる。　**10 paved heaven**　ミルトンの『失楽園』の "The

[61] 狂おしき歌

荒涼たる風は泣き、
　夜は冷たい。
眠りよ、ここに来ておくれ、
　そして私の深い悲しみを包んでおくれ。
だが、見よ！　東の崖の向こうから
　朝は覗いている、
そして夜明けの鳥たちが身じろぎして
大地をせせら笑う。

見よ！　石を敷きつめた
　大空の天井まで
悲しみをはらんで
　私の調べは運ばれる。
調べは夜の耳を打ち、
　昼の眼を泣かせる。
調べは吼(ほ)える風を狂わせ、
　嵐と戯(たわむ)れる。

───────

riches of Heaven's pavement"(I, 682)参照。

Like a fiend in a cloud,
　　With howling woe,
After night I do croud,
　　And with night will go ;　　　　　　　　　　20
I turn my back to the east,
From whence comforts have increas'd ;
For light doth seize my brain
With frantic pain.

[62]　Song (6)

Fresh from the dewy hill, the merry year
Smiles on my head, and mounts his flaming car ;
Round my young brows the laurel wreathes a
　　　　　　　　　　　　　　　　　　　shade,
And rising glories beam around my head.

17　『経験の歌』の「「悲しみ」という名の幼な子」の4行目 "Like a fiend hid in a cloud." 参照。　**19**　普通の語順にすると、I do croud after night となる。　**croud**=crowd.
[62]　**2 flaming car**　「焔の車」。焔は生命力を表わす。　**3**　この行は額に月桂冠が影を落としたことを表現。ギリシア神話のアポロンのイメージである(本書の 254-255 ページ参照)。　**laurel**　「月桂樹」

雲の中の子鬼のように、
　　吼える哀しみをかかえて、
夜のあとを私は追いかけ、
　　夜とともに行く。
私は東に背を向ける、
そちらから慰めが増してきたから。
光が私の頭脳を
狂ったような苦痛で捕らえるからだ。

[62]　ソング (6)

露けき丘から今でたばかり、陽気な年は
私の頭上で微笑み、焔の車に乗る。
私の若い額を月桂樹の葉は飾りのように
　　　　　　　　　　　　　　　取り巻き、
昇る栄光は私の頭上を取り巻いて輝く。

は勝利を表わす。　**wreathes**＞wreathe　「編む」。'a laurel wreath'
は「月桂樹の花冠」。

My feet are wing'd, while o'er the dewy lawn
I meet my maiden, risen like the morn:
Oh bless those holy feet, like angels' feet;
Oh bless those limbs, beaming with heav'nly light!

Like as an angel glitt'ring in the sky
In times of innocence and holy joy;
The joyful shepherd stops his grateful song
To hear the music of an angel's tongue.

So when she speaks, the voice of Heaven I hear:
So when we walk, nothing impure comes near;
Each field seems Eden, and each calm retreat;
Each village seems the haunt of holy feet.

But that sweet village, where my black-ey'd maid
Closes her eyes in sleep beneath night's shade,
Whene'er I enter, more than mortal fire
Burns in my soul, and does my song inspire.

---

5 **wing'd**=winged (「翼のついた」). 9 **Like as**=Like. 12 **angel's tongue** 'angel' とは、'my maiden' のこと。15 **Eden** 「エデンの園、楽園」。**retreat**=a place into which one can go for peace and safety (「隠れ家」). 16 **haunt**=a place often visited by the person (「よく出入りする場所、通い先」). 17 **black-ey'd**= black-eyed. 「黒い眼の乙女」は「私」(=詩人)に霊感を与えてくれる

私の足には翼がある。露けき芝生の上で
私は乙女に会う、朝のように起き出でて。
おお祝福せよ、天使の足のような彼女の聖なる足を。
おお祝福せよ、天の光で輝いているその四肢を。

無垢と聖なる喜びの時代には
空に煌（きら）めく天使のように、
楽しげな羊飼いはその心地よい歌をやめて
天使の口から出る音楽を聞く。

だから彼女が話せば、私は天の声を聞き、
私たちが歩けば、不純なものは近寄らず、
野はそれぞれエデンとなり、静かな隠れ家となり、
村はそれぞれ聖なる足の通う所となる。

けれどその美しい村は黒い眼の乙女が
夜の影の下で眠って眼を閉じるところ。
そこに入れば、人間の情熱以上のものが
私の魂の中で燃えて、私の歌を鼓舞する。

存在。　**19 mortal fire**＝human passion.

[63]　Song (7)

When early morn walks forth in sober grey,
Then to my black ey'd maid I haste away;
When evening sits beneath her dusky bow'r,
And gently sighs away the silent hour,
The village bell alarms, away I go,　　　　　5
And the vale darkens at my pensive woe.

To that sweet village, where my black ey'd maid
Doth drop a tear beneath the silent shade,
I turn my eyes; and, pensive as I go,
Curse my black stars, and bless my pleasing woe.　10

Oft when the summer sleeps among the trees,
Whisp'ring faint murmurs to the scanty breeze,
I walk the village round; if at her side
A youth doth walk in stolen joy and pride,
I curse my stars in bitter grief and woe,　　　15

---

[63]　**2 ey'd**=eyed.　**3 bow'r**=bower.　**10 black stars**「不運、悪運」を意味する。black=evil, wicked.　star=a celestial body regarded as influencing a person's fortunes.　**pleasing woe**「(恋をする者の)心地よい哀しみ」。

[63]　ソング (7)

夜明けが落ち着いた灰色の衣(ころも)を着て歩み出ると、
私は黒い眼の乙女のところに急ぐ。
夕暮れがほの暗い田舎家に坐り、
無言の時を穏やかにため息ついて過ごすとき、
村の鐘が鳴り響くと、私は去りゆく。
谷間は思いに沈む私の哀しみで暗くなる。

あの美しい村へ、黒い眼の乙女が
静かな陰の下で涙を落とす村へ
私は眼を向ける。思いに沈んで私は行きながら、
私の黒い星を呪い、心地よい私の哀しみを祝福する。

しばしば夏が木々の間で眠り、
かすかな呟(つぶや)きを乏しい微風にささやくとき、
私は村を歩きまわる。彼女のかたわらで
若者がひそかな喜びと誇りで歩いていたら、
私はにがい嘆きと哀しみで私の星を呪う、

That made my love so high, and me so low.

O should she e'er prove false, his limbs I'd tear,
And throw all pity on the burning air;
I'd curse bright fortune for my mixed lot,
And then I'd die in peace, and be forgot.   20

[64]   To the Muses

Whether on Ida's shady brow,
　　Or in the chambers of the East,
The chambers of the sun, that now
　　From antient melody have ceas'd;

Whether in Heav'n ye wander fair,   5
　　Or the green corners of the earth,
Or the blue regions of the air,
　　Where the melodious winds have birth;

---

16 That 'stars'を受ける。
[64]　**表題　Muses**　ゼウスとムネモシュネーの娘で、芸術・学問を司る「ミューズ9女神」。(1)カリオペ(雄弁・叙事詩の女神)、(2)クレイオ(歴史の女神)、(3)エラト(叙情詩・恋愛詩など学芸の女神)、(4)エウテルペ(音楽とくに笛の女神)、(5)メルポメネ(悲劇の女神)、(6)ポリュヒュムニア(音楽・舞踏の女神)、(7)テルプシコラ(歌舞の

私の恋人をかくも高め、私をかくも低めた星を。

おお彼女が不実だとわかったら、彼の四肢を引き裂き
憐(あわ)れみの心をすべて燃える大気に投げてしまおう。
混合した運命ゆえに光り輝く幸運を呪って、
それから安らかに死んで人から忘れられてしまおう。

[64] 詩神に

あなた方が木陰の深い
　　イダの山の頂きにいるにせよ、
　古(いにしへ)の歌声がもう聞こえない
　　東方の国、太陽の都の部屋にいるにせよ、

美しい天上界をさまようにせよ、
　　また緑の大地の隅々を
また調べ美しい風の生まれる
　　青空をさまようにせよ、

女神)、(8)タレイア(喜劇の女神)、(9)ウラニア(天文の女神)。　**1 Ida**　(1)ゼウス生誕の地といわれるクレタ島最高峰の山。(2)トルコ北西部にあり、トロイ遺跡や地中海を見下ろす山。ミルトン『失楽園』(I, 515)など参照。　**3 chambers of the sun** 'chambers of the East'と同格。　**4 antient**=ancient.　**5 ye**《古・詩》2人称複数主格。　**7 regions**=separate parts of the universe.

Wherther on chrystal rocks ye rove,
   Beneath the bosom of the sea
Wand'ring in many a coral grove,
   Fair Nine, forsaking Poetry!

How have you left the antient love
   That bards of old enjoy'd in you!
The languid strings do scarcely move!
   The sound is forc'd, the notes are few!

---

9 **chrystal**＝crystal. 12 **Fair Nine**＝Nine Muses. 15 **languid strings** 弛んだ琴の弦。 15-16 イギリスの詩壇の現状を批判している。J. トムソンの『冬』の「序文」にある、「詩の中にもう一度、古代の真実や純粋さを回復させよう」という言葉を参照。 16 **is forc'd** 「無理に聞こえる」。 **notes are few** 「歌がめったに聞こえない」。

[64] 詩神に

大海原(おおうなばら)の底深く
　水晶の岩を踏みしだき、
珊瑚(さんご)の森をさまようにせよ、
　美しき九人の女神よ、あなた方は詩を見棄てた！

古の詩人たちがあなた方に寄せていた
　昔のあの愛をどうして捨てたのか。
ものうげな琴の糸はほとんど動かず、
　音はぎこちなく、歌の調べも乏しい！

「死の扉」(『エルサレム』プレート1)

VI

〈『ピカリング稿本』より〉
From *The Pickering Manuscript*

「太古の日々」(『ヨーロッパ』口絵)

[65] The Mental Traveller

I travel'd thro' a Land of Men,
A Land of Men & Women too,
And heard & saw such dreadful things
As cold Earth wanderers never knew.

For there the Babe is born in joy 5
That was begotten in dire woe;
Just as we Reap in joy the fruit
Which we in bitter tears did sow.

And if the Babe is born a Boy
He's given to a Woman Old, 10
Who nails him down upon a rock,
Catches his shrieks in cups of gold.

She binds iron thorns around his head,
She pierces both his hands & feet,

---

[65] **1-2** 'a Land of Men' と 'A Land of Men & Women' は同格。 **5 Babe** "Every tear from every eye / Becomes a babe in Eternity ; / This is caught by Females bright, / And return'd to its own delight."(『ピカリング稿本』の「無垢の予兆」66-70行目)参照。 **6 That was begotten** 「孕まれた」。beget=give rise to. 'That' の先行詞は 'the Babe'。 **7-8** "They that sow in tears shall reap in

[65] 精神の旅人

私は人間の土地を旅してきた、
男たちと女たちの土地を。
そして冷たい大地の放浪者が知らない
恐ろしいものを見聞きした。

なぜなら、そこでは悲惨な哀しみのなかで孕(はら)まれた子が
喜びのなかで生まれるのだ。
ちょうどわれわれが苦い涙を流して種を蒔(ま)き
喜びのうちに収穫を得るように。

そしてもし生まれた子が男なら
その子は一人の老女に預けられる。
老女は男の子を岩の上に釘で打ちつけ、
黄金の杯(さかずき)でその悲鳴を捕らえる。

老女は男の子の頭のまわりに鉄の刺(とげ)を結びつけ
その手足を両方とも突き刺し、

---

joy."(『詩篇』126:5)参照。　**9 Boy**　ブレイクの「預言書」の体系では「妖怪」(spectre)は男性、それに対して「流出」(emanation)は女性で表わされる。　**10 Woman Old**　旧体制の象徴。　**12 Catches ... of gold**　「黄金の杯で彼の悲鳴を捕らえる」。『ヨハネの黙示録』(17:4)参照。　**13**　磔刑にされたキリスト、岩上のプロメテウス、また北欧神話のロキを想起させる。　**iron thorns**　「鉄の刺」。

She cuts his heart out at his side 15
To make it feel both cold & heat.

Her fingers number every Nerve,
Just as a Miser counts his gold;
She lives upon his shrieks & cries,
And she grows young as he grows old. 20

Till he becomes a bleeding youth,
And she becomes a Virgin bright;
Then he rends up his Manacles
And binds her down for his delight.

He plants himself in all her Nerves, 25
Just as a Husbandman his mould;
And she becomes his dwelling place
And Garden fruitful seventy fold.

An aged Shadow, soon he fades,
Wand'ring round an Earthly Cot, 30
Full filled all with gems & gold

---

15 **cuts his heart out at his side** 「脇腹のところをえぐり取る」。
19 **lives upon**＞live on(「糧とする」). 21 **bleeding youth** 「血を流す青年」。 22 **Virgin bright** 「輝く処女」。 23 **Manacles** 「手錠」とは「束縛」のこと。 24 **for his delight** 「彼の歓びのために」。13行目と逆転したことに注目。 25 性的な行為を暗示。 26 **a Husbandman** 次に 'plants' を補って読む。 28 **seventy fold**＝

脇腹から心臓をえぐり取り、
冷たさと熱さを感じさせる。

老女の指はひとつひとつ神経を数える、
まるで守銭奴が金を数えるように。
老女は男の子の絶叫と泣き声を糧(かて)として、
その子が成長するにつれて若返る。

やがて男の子が血を流す青年になると、
老女は輝く処女となる。
その時、青年は手錠を引きちぎり、
処女をおのれの歓びのために縛る。

青年は処女の全神経のなかに自分を植え込む、
まるで農夫が耕地にするように。
そして彼女は彼の住処(すみか)となり、
七十倍も実り豊かな庭となる。

青年はやがて老残の影となって衰え、
地上の陋屋(ろうおく)のまわりを彷徨する。
その家は彼が精励して手に入れた

---

seventyfold. 'fold' は「〜倍(重)の」の意。　**29　An aged Shadow, soon he fades**＝Soon he fades as an aged Shadow.　**30　Cot**＝Cottage.　**31　Full filled**＝Filled full or Fulfilled.　**gems & gold**「宝石と黄金」。12行目の注参照。

Which he by industry had got.

And these are the gems of the Human Soul,
The rubies & pearls of a lovesick eye,
The countless gold of the akeing heart,   35
The martyr's groan & the lover's sigh.

They are his meat, they are his drink;
He feeds the Beggar & the Poor
And the wayfaring Traveller:
For ever open is his door.   40

His grief is their eternal joy;
They make the roofs & walls to ring;
Till from the fire on the hearth
A little Female Babe does spring.

And she is all of solid fire   45
And gems & gold, that none his hand
Dares stretch to touch her Baby form,
Or wrap her in his swaddling-band.

---

32 industry「勤勉」。 **33 these**='gems & gold'. **33-36** ブレイクの「富」("Riches")という短詩に "The countless gold of a merry heart, / The rubies and pearls of a loving eye, / The indolent never can bring to the mart, / Nor the secret hoard up in his treasury." とある。 **35 akeing**=aching. **38 the Beggar**「心の糧を求める者」。**the Poor**「心の貧しい者」。 **39 wayfaring**「徒歩旅行

あらゆる宝石と黄金で満ちている。

そしてこれらは人間の魂の宝石である。
恋に悩む眼のルビーや真珠、
痛む心、殉教者の呻吟、また、
恋する者のため息の、数えきれない黄金。

それらは彼の食べ物であり飲み物である。
男は食べ物を乞食や貧者に
また、旅する者に分け与える。
彼の扉はつねに開かれているのだ。

男の悲しみは彼らの永遠の喜びであり、
彼らは屋根と壁とを鳴り響かせる。
そしてついに炉の火から
かわいい女の赤子が躍り出す。

女の子はすべて濃密な火と
宝石と黄金から成り、だれも
その赤子の体にあえて手を伸ばして触れようとも
自分の襁褓でその子を包もうともしない。

の」。 **40** 普通の語順にすると、His door is open for ever. となる。'for ever' は「いつも」の意。 **41 their**＝the Beggar's & the Poor's and the wayfaring Traveller's. **42 make the roofs & walls to ring**「（彼らの歓喜の声で）屋根や壁が鳴り響く」。 **44 Female Babe** 女の赤子の誕生。 **47 her Baby form**「その赤子の身体」。

But She comes to the Man she loves,
If young or old, or rich or poor;   50
They soon drive out the aged Host,
A Beggar at another's door.

He wanders weeping far away,
Untill some other take him in;
Oft blind & age-bent, sore distrest,   55
Untill he can a Maiden win.

And to allay his freezing Age
The Poor Man takes her in his arms;
The Cottage fades before his sight,
The Garden & its lovely Charms.   60

The Guests are scatter'd thro' the land,
For the Eye altering alters all;
The Senses roll themselves in fear,
And the flat Earth becomes a Ball;

---

51 drive out「追い出す」。**aged Host**「老いた主人」とは、旧世界の象徴。 **52 A Beggar at another's door** 'A Beggar' の前に 'As' を補って読む。 **54 Untill**=Until. **take him in**「～を泊める」。 **55 age-bent**=bent with age. **sore distrest**=sore distressed=in sore distress. **56 Maiden** 新世界の象徴。 **57 to allay his freezing Age**「若返るために」。 **58 takes her in his**

しかし女の子は愛する男のところに来る、
老若、貧富はどうであろうとも。
彼らはやがて老いた主人を追い出す、
他人の戸口の物乞いとして。

老いた男は泣きながら遠くをさ迷う、
だれかが彼を家に入れてくれるまで。
しばしば盲て年を取って腰も曲がり、ひどく苦しんで
ついにひとりの乙女を手に入れる。

そして自分の凍る老年を鎮めるために
この哀れな男は乙女を両腕に抱く。
陋屋(ろうおく)は男の眼前で色褪(あ)せていき、
庭とその美しい魅力も色褪せていく。

客たちは全土に散らばる、
なぜなら眼が変われば万物も変わるから。
五感は恐怖で身を丸め、
平らな大地は一個の球となる。

---

arms 「両腕に抱く」。　60　最初に 'And also fade' を補って読む。
61 Guests　新世界を広める人々。　62 the Eye altering alters all 「眼が変われば万物は変わる」とは、世界は感じる者の精神の状態のイメジであることを言っている。ブレイクは、「人間の存在の仕方に従って、その見方が決まってきます。眼の作られ方に従って、その力も決まってきます」(J. トラスラー博士宛の手紙)と語っている。

The stars, sun, Moon, all shrink away, 65
A desert vast without a bound,
And nothing left to eat or drink,
And a dark desert all around.

The honey of her Infant lips,
The bread & wine of her sweet smile, 70
The wild game of her roving Eye,
Does him to Infancy beguile;

For as he eats & drinks he grows
Younger & younger every day;
And on the desert wild they both 75
Wander in terror & dismay.

Like the wild Stag she flees away,
Her fear plants many a thicket wild;
While he pursues her night & day,
By various arts of Love beguil'd, 80

By various arts of Love & Hate,

---

66 desart=desert.　**67** 'And' の次に 'there is' を補って読む。　**71 game**「戯れ」。　**72** 普通の語順にすると、Does beguile him to Infancy となる。'beguile' は「(人を)騙して(〜の状態に)させる」の意。　**77 Stag**「牡鹿」。　**78 thicket**「藪、茂み」。　**80** 普通の語順にすると、Beguil'd by various arts of Love となる。

星、太陽、月、すべてが収縮し、
広大な荒野(あらの)は果てしなく、
食べ物も飲み物もなく、
暗い荒野だけがあたり一面に広がる。

乙女の子どもっぽい唇の蜜、
乙女の優しい微笑のパンと葡萄酒(ぶどうしゅ)、
乙女の動き回る眼の奔放な戯(たわむ)れが、
老いた男を騙(だま)して幼年時代に引きもどす。

なぜなら男は食べたり飲んだりするうちに、
日に日にますます若返ってゆくのだから。
そして荒野で彼らは二人とも
恐怖と当惑のうちに彷徨する。

野生の牡鹿のように乙女は逃げていき、
乙女の恐怖は多くの野生の茂みを植える。
男が愛の手練手管(てれんてくだ)に騙されて
夜となく昼となく彼女を追いかける間に。

愛と憎しみの手練手管によって

Till the wide desert planted o'er
With Labyrinths of wayward Love,
Where roam the Lion, Wolf & Boar,

Till he becomes a wayward Babe,　　　　　　　　　　85
And she a weeping Woman Old.
Then many a Lover wanders here;
The Sun & Stars are nearer roll'd.

The trees bring forth sweet Extacy
To all who in the desert roam;　　　　　　　　　　　90
Till many a City there is Built,
And many a pleasant Shepherd's home.

But when they find the frowning Babe,
Terror strikes thro' the region wide:
They cry "The Babe! the Babe is Born!"　　　　　　95
And flee away on Every side.

For who dare touch the frowning form,
His arm is wither'd to its root;

---

83 **wayward Love** 『エルサレム』(16:64行目)参照。 85-86 男が若くなり、女が老化する。 86 'she'の次に'becomes'を補って読む。新世界がまた旧世界になりはてる。 88 **The Sun & Stars are nearer roll'd** 「太陽と星々が近づいて回転する」。太陽と星々の軌道がしだいに狭まること。 89 **Extacy**＝Ecstasy. 90 **roam**「さ迷う」。 91-92 **many a City ... many a pleasant Shepherd's**

やがて広い荒野も
むら気な愛の迷路が植え込まれて、
そこを獅子や狼や猪(いのしし)が徘徊する。

ついに男はむら気な赤子となり、
乙女は涙を流す老女となる。
すると多くの恋人たちがここを彷徨し、
太陽と星々が前よりもいっそう近くを運行する。

木々は荒野をさ迷うすべての者に
甘美な恍惚(こうこつ)をもたらし、
ついにはそこに建設される、
多くの都市、多くの楽しい羊飼いの家が。

しかし彼らが渋面の赤子を見ると、
恐怖がその広い範囲に広がる。
彼らは叫ぶ、「赤子だ、赤子が生まれた」と。
そして四方に逃げていく。

なぜならこの渋面の姿に手を触れる者は
腕がその付け根まで萎(な)えるのだから。

---

home 新しい世界の建設。 93 they 世の人をさす。 the frowning Babe 「渋面の赤子」とは気難しい新思想を表わす。 94 Terror strikes thro' the region wide 「みんなが恐れた」。 95 恐怖の誕生。 97 'who' の前に 'he' を補って読む。 frowning form = frowning Babe. 98 His arm ... its root 人々が触れることのできない新しい存在の誕生である。

Lions, Boars, Wolves, all howling flee,
And every Tree does shed its fruit. 100

And none can touch that frowning form,
Except it be a Woman Old;
She nails him down upon the Rock,
And all is done as I have told.

[66]　Mary

Sweet Mary, the first time she ever was there,
Came into the Ball room among the Fair;
The young Men & Maidens around her throng,
And these are the words upon every tongue:

"An Angel is here from the heavenly Climes, 5
Or again does return the Golden times;
Her eyes outshine every brilliant ray,

101-102 新思想を抑圧できるのは「老女」だけであるから。　**104 And all is done as I have told** 「最初に述べられた通りのことが繰り返される」。円環(cycle)の思想。
[66]　この詩は1803年頃の執筆と考えられているが、ここで歌われているメアリとは女権思想家メアリ・ウルストンクラフト(1759-1797)といわれる。ブレイクは彼女の死後、数年のうちに彼女の墓碑

獅子、猪、狼もすべて吼(ほ)えながら逃げ去り、
あらゆる木がその実を落とす。

そしてだれもその渋面の姿に触れることができない、
ただ一人の老女を除いては。
老女は男の子を岩の上に釘で打ちつけ
そして万事は私が語った通りになる。

[66] メ ア リ

愛らしいメアリは初めてそこに姿を見せ、
美しい婦人たちの舞踏室に入ってきたとき
若い男たちと娘たちが彼女のまわりに群がる。
そしてこれらがあらゆる口の端(は)にのぼった言葉である。

「一人の天使が天上の国からここへ降りてきている、
でなければもう一度黄金時代が戻ってきたのだ。
彼女の眼はあらゆる輝きわたる光線よりも明るく、

銘としてこの作品を作ったのである。　2　**the Fair**＝the fair ladies.
7　**outshine**＝surpass in splendour or excellence.

She opens her lips — 'tis the Month of May."

Mary moves in soft beauty & conscious delight
To augment with sweet smiles all the joys of the
            Night,
Nor once blushes to own to the rest of the Fair
That sweet Love & Beauty are worthy our care.

In the Morning the Villagers rose with delight
And repeated with pleasure the joys of the night,
And Mary arose among Friends to be free,
But no Friend from henceforward thou, Mary,
            shalt see.

Some said she was proud, some call'd her a whore,
And some, when she passed by, shut to the door;
A damp cold came o'er her, her blushes all fled;
Her lillies & roses are blighted & shed.

"O, why was I born with a different Face?
Why was I not born like this Envious Race?

---

8 **'tis**＝it is. 9 **in soft beauty**「柔らかな美に包まれ」。(**in**) **conscious delight**「歓びを意識して」。'conscious' は「(内心で)意識している、自覚している」の意。 11 **own**「告白する」。 12 **care**「心労」。 15 **free**＝not fixed or held down, able to move without hindrance(「(人が)寛いだ」). 16 普通の語順にすると、But thou shalt see no Friend from henceforward となる。単純未

彼女は唇を開く——今こそ五月」

メアリは柔らかな美に包まれ歓びを意識して動き、
快い笑みで夜のすべての喜びを
                    増し、
他の美しい婦人たちにいちどならず顔を赤らめ、
快い愛と美こそが私たちの心労に値すると告白する。

朝になって村人たちは歓喜とともに起きた、
そして嬉(うれ)しげに夜の楽しみを繰り返し語った。
そしてメアリも起きて友だちに交じって寛(くつろ)ごうとしたが、
これから先、メアリよ、あなたが友を見ることは
                    もはやあるまい。

ある者は高慢なあの女と言い、ある者は娼婦と呼んだ。
そして彼女が通りすぎると、戸を閉める者もいた。
湿った冷気が彼女を襲い、顔の赤みもすべて消え失せた。
彼女の百合(ゆり)と薔薇は枯れて葉が落ちた。

「おお、なぜ私は他の人と違った顔をして生まれてきたの。
なぜ私は嫉妬深い人たちと同じに生まれてこなかったの。

来。 **henceforward**＝from this time on, in future.　**Mary**　呼びかけ。　**18　shut to**　「閉めた」。　**19　A damp cold came o'er her**　メアリは村の人々の同情を失い、淋しい境遇になった。　**20　Her lillies & roses**　「白い額と赤い頬」。　**22　Race**＝Human race.

Why did Heaven adorn me with bountiful hand,
And then set me down in an envious Land?

To be weak as a Lamb & smooth as a dove, 25
And not to raise Envy, is call'd Christian Love;
But if you raise Envy your Merit's to blame
For planting such spite in the weak &
       the tame.

I will humble my Beauty, I will not dress fine,
I will keep from the Ball, & my Eyes shall not
       shine; 30
And if any Girl's Lover forsakes her for me,
I'll refuse him my hand & from Envy be free."

She went out in Morning attir'd plain & neat;
"Proud Mary's gone Mad," said the Child in the
       Street;
She went out in Morning in plain neat attire, 35
And came home in Evening bespatter'd with mire.

---

27 your Merit's to blame=your Merit is to blame(「あなたの美徳は責められるべき」). **29 humble**=make humble, lower the rank or self-importance. **33 attir'd**=attired=clothed. **34 Proud Mary's gone Mad**=Proud Mary has gone Mad. **35 attire**=cloth. **36 bespatter'd with** 'bespatter' は「(泥水などを)はねかける」の意。

なぜ天は惜しみない手で私を飾り、
それから私を嫉妬深いこの地上に置いたの。

子羊のように弱く鳩のように穏やかで
嫉妬を起こさせないことがキリスト者の愛と呼ばれています。
しかしあなたが嫉妬を起こさせるなら、あなたの美徳は
こんな悪意を弱い者やおとなしい者に植えつけたのですから
　　　　　　　　　　　　　　　責められるべきです。

これからは私の美しさを貶(おとし)め、綺麗なものは着ません。
舞踏会にも行きませんし、眼も輝かせ
　　　　　　　　　　　　　ません。
もしだれかの恋人が私のせいで、彼女を捨てるなら
私はその男に私の手を拒み、嫉妬をうけないようにします」

質素で地味な身なりをして朝に彼女は出かけて行った。
「高慢なメアリは気が狂った」と街の子が
　　　　　　　　　　　　　　言った。
質素で地味な身なりで朝に彼女は出かけて行った。
そして夕方帰ってきた、泥をはねかけられて。

She trembled & wept, sitting on the Bed side;
She forgot it was Night, & she trembled & cried;
She forgot it was Night, she forgot it was Morn,
Her soft Memory imprinted with Faces of Scorn;   40

With Faces of Scorn & with Eyes of disdain
Like foul Fiends inhabiting Mary's mild Brain;
She remembers no Face like the Human Divine.
All Faces have Envy, sweet Mary, but thine;

And thine is a Face of sweet Love in despair,   45
And thine is a Face of mild sorrow & care,
And thine is a Face of wild terror & fear
That shall never be quiet till laid on its bier.

[67]   William Bond

I wonder whether the Girls are mad,

---

37 Bed side＝Bedside.　**40** 'imprinted'の前に 'was' を補って読む。　**41** 前行の 'imprinted' に続く。　**43 Face like the Human Divine** ミルトンの『失楽園』(III, 44)の "human face divine"「ゆかしい人の面影」(平井正穂訳)参照。　**44 thine**＝your face.　**48 That** 先行詞は 'a Face'。　**till laid on its bier**「死ぬまで」。'bier' は死体・棺を安置したり、墓地へ運ぶ「棺台」。

彼女は震えて泣きながらベッドの端に腰かけ、
夜であるのを忘れ、震えて泣いた。
夜であるのを忘れ、朝であるのを忘れ、
彼女の柔らかな記憶に嘲(あざけ)りの顔が刻みこまれた。

軽蔑の顔また顔、侮蔑の眼また眼が
まるで邪悪な悪魔のようにメアリの優しい頭に住みついた。
彼女は神の似姿のような顔をひとつも思い出せない。
すべての顔は嫉妬をもつ、メアリよ、あなたの顔のほかは。

あなたの顔は絶望している美しい愛の顔、
あなたの顔は柔らかな悲しみと心労の顔、
あなたの顔は烈(はげ)しい恐怖と不安の顔、
棺の上に横たえられるまでは決して鎮まることがないだろう。

[67]　ウィリアム・ボンド

娘たちは気が狂っているのだろうか、

---

[67]　J. ジョイスは『若い芸術家の肖像』の最後の日記の部分(3月24日)で、この詩の第1連を引用している。ウィリアム・ボンドの名前「ボンド」(Bond)には束縛の意味が隠されていることに注意。

And I wonder whether they mean to kill,
And I wonder if William Bond will die,
For assuredly he is very ill.

He went to Church in a May morning
Attended by Fairies, one, two & three;
But the Angels of Providence drove them away,
And he return'd home in Misery.

He went not out to the Field nor Fold,
He went not out to the Village nor Town,
But he came home in a black, black cloud,
And took to his Bed & there lay down.

And an Angel of Providence at his Feet,
And an Angel of Providence at his Head,
And in the midst a Black, Black Cloud,
And in the midst the Sick Man on his Bed.

And on his Right hand was Mary Green,
And on his Left hand was his Sister Jane,

---

4 **assuredly**=certainly. 6 **Fairies** 「妖精」とは、男の欲望から命令をうけ、それを女の欲望に伝える存在。 7 **Angels of Providence** 「神意の天使たち」とは、既成宗教のドグマや道徳律を代表するもの。 9 **Fold** 「(特に羊の)檻、囲い」。 11 **a black, black cloud**=Misery. **13-18** 一人の天使が足のところ、もう一人の天使が頭のところ、そして右手にメアリ、左手に妹のジェインが位置する。

[67] ウィリアム・ボンド

そして彼女たちは男を殺すつもりなのだろうか。
ウィリアム・ボンドは死ぬのだろうか。
確かに彼はとても具合が悪いのだから。

彼は五月のある朝に教会に出かけた、
妖精たちに一人、二人、そして三人と付き添われて。
しかし神意の天使たちは妖精たちを追い払った、
そして彼は苦悩のうちに家に帰った。

彼は畑にも羊舎にも出かけなかった、
村にも町にも出かけることもなく、
彼は黒い黒い雲に包まれて家に帰り、
そして寝床に行って、そこに横になった。

そして神意の天使が一人彼の足のところに
そして神意の天使が一人彼の頭のところに
そして真ん中には黒い黒い雲、
そして真ん中には床(とこ)についた病気の男。

そして彼の右手にはメアリ・グリーンがいた、
そして彼の左手には妹のジェインがいた、

ここに十字架にかけられたイエスの姿が重なる。

And their tears fell thro' the black, black Cloud
To drive away the sick man's pain. 20

"O William, if thou dost another Love,
Dost another Love better than poor Mary,
Go & take that other to be thy Wife,
And Mary Green shall her Servant be."

"Yes, Mary, I do another Love, 25
Another I Love far better than thee,
And Another I will have for my Wife;
Then what have I to do with thee?

For thou art Melancholy Pale,
And on thy Head is the cold Moon's shine, 30
But she is ruddy & bright as day,
And the sun beams dazzle from her eyne."

Mary trembled & Mary chill'd
And Mary fell down on the right hand floor,
That William Bond & his Sister Jane 35

---

21 if ... Love 普通の語順にすると、if thou dost love another となる。'Love' は動詞。 **23 take**「～を(ある関係に)迎え入れる」。**that other**「その人」。 **28 Then what ... with thee?**「それなら私はおまえと何の関係があろう」。『経験の歌』の「テルザに」4行目参照。イエスがサタンと母マリアを拒んだように、ウィリアムはメアリを拒んだ。 **29 Melancholy** 副詞的用法。 **32 eyne**《古》=eyes.

そして彼女たちの涙が黒い雲を通り抜けて落ちた、
病気の男の痛みを追い払おうとして。

「おおウィリアムよ、もしあなたが別の人を愛するなら、
別の人を哀れなメアリよりももっと愛するなら、
その人のところに行って、あなたの妻にしなさい。
そうしたらメアリ・グリーンは彼女の召使いになります」

「そうなのだよ、メアリ、私は別の人を愛している、
別の人をおまえよりずっと愛している。
そして別の人を私は妻にしよう。
それなら私はおまえと何の関係があろう。

というのはあなたは物悲しく青ざめている、
そしてあなたの頭には冷たい月の光がある、
しかし彼女は薔薇色(ばらいろ)で日中のように輝かしい、
そして太陽の輝きが彼女の眼から出てまぶしい」

メアリは震え寒けがした、
そしてメアリは右手の床(ゆか)に倒れた。
ウィリアム・ボンドと妹のジェインは

Scarce could recover Mary more.

When Mary woke & found her Laid
On the Right hand of her William dear,
On the Right hand of his loved Bed,
And saw her William Bond so near, 40

The Fairies that fled from William Bond
Danced around her Shining Head;
They danced over the Pillow white,
And the Angels of Providence left the Bed.

I thought Love liv'd in the hot sun shine, 45
But O, he lives in the Moony light!
I thought to find Love in the heat of day,
But sweet Love is the Comforter of Night.

Seek Love in the Pity of others' Woe,
In the gentle relief of another's care, 50
In the darkness of night & the winter's snow,
In the naked & outcast, Seek Love there!

---

36 Scarce could recover Mary more=Could no more recover Mary. **45-52** この部分の「私」は、詩の語り手か、それともウィリアム・ボンドか、両説あるが、語り手ととった。 **52 outcast**「(家・社会などから)追放された人」。

二度とメアリを正気に戻すことはできなかった。

メアリが目を覚まし、自分が
いとしいウィリアムの右手に
彼の愛する寝床の右手に横たわっているのを知り、
ウィリアム・ボンドを間近に見たとき、

ウィリアム・ボンドから逃げた妖精たちは
メアリの光り輝く頭のまわりで踊った。
妖精たちは白い枕の上で踊った、
そして神意の天使たちは寝床を去った。

私は愛は熱い太陽の中に住んでいると考えた、
しかし、おお愛は月の光の中に住んでいる！
私は愛を日中の暑熱の中に見つけようと考えた、
しかし甘美な愛は夜の慰め手なのだ。

愛を他人の悲哀の憐れみのなかに捜せ、
別の人の心労の穏やかな安堵のなかに、
夜の闇と冬の雪のなかに、
裸で見捨てられた者のなかに、愛をそこに捜せ。

[68]　Auguries of Innocence

To see a World in a Grain of Sand
And a Heaven in a Wild Flower,
Hold Infinity in the palm of your hand
And Eternity in an hour.

---

[68]　ブレイクの神秘思想を説明するのによく用いられる「無垢の予兆」の最初の4行。全132行から成る「無垢の予兆」全体のプロローグであると同時に要約でもある。ここでは「一」と「多」の同時的把握が、一粒の砂と世界、一輪の野の花と天国、掌と無限、一時と永遠という対立で表わされている。

[68] 無垢の予兆

一粒の砂にも世界を
一輪の野の花にも天国を見、
君の掌のうちに無限を
一時(ひととき)のうちに永遠を握る。

「東門の太陽」(ミルトン『快活なる人』への挿絵)

63歳のブレイク(ジョン・リネルの鉛筆画)

ブレイク略伝

　ウィリアム・ブレイク(William Blake, 1757-1827)は、今日ではイギリス・ロマン派の詩人・画家として知られているが、生存中は詩人・画家としての収入はほとんどなく、一介の彫版師として、また下絵かきとして生計をたてていた。今では名も忘れられてしまった芸術家のデザインへの彫版や、著作への挿絵にブレイクの名が付され、それで世間に知られていたにすぎなかった。したがって、彼の生涯は、平凡といえば平凡であった。大陸旅行をしたこともなく、イギリス国内に限っても、足を運んだのは、北はハムステッド、南はサセックスのフェルパムがせいぜいであった。スコットランドには足を踏み入れたこともなかった。ブレイクの行動範囲は狭く、彼の人生においては、フェルパムにおける「スコウフィールド事件」以外にさしたる事件もなく、ロンドンの庶民として生きた。もし、事件があったとすればそれは彼の内面においてであった。

　本書『対訳　ブレイク詩集』は詩人ブレイクの作品を集めたものであるが、ブレイクのような芸術家の生涯を述べるとすると、詩人の生涯でもなく、画家の生涯でもなく、職人として生きた一人の人間の人生を語ることにならざるをえない。

1　生誕と少年時代(1757-1782年)

　ブレイクは1757年11月28日、靴下商のジェイムズ(1722?-

1784)の三男としてロンドンに生まれた。生家の所在地はブロード・ストリート28番地で、ブロード・ストリートとマーシャル・ストリートの交差するところにあった。両親はともに非国教徒(ディセンターズ)であった。母親キャサリン・ハーミテージ(?-1792)は以前にブロード・ストリートに住む靴下商と結婚していたが、夫が亡くなり、ジェイムズと再婚することになった。

　ブレイクが洗礼を受けたのはセント・ジェイムズ・ピカデリー教会で、この教会は英国最高の建築家クリストファー・レン(1632-1723)が建てたものである。この教会の洗礼盤は有名であるが、これをデザインしたのは、グリンリング・ギボンズ(1648-1721)だった。ブレイクもこの洗礼盤で洗礼を受けたのであった。

　ブレイクの子ども時代で興味深いのは、彼がヴィジョンを見る少年であったということである。野原の木の下に預言者エゼキエルを見たと言って母親に叩かれたり、一本の木の下に天使が群がっているのを見たと言ったために父親に殴ると脅されたりしたという話が伝えられている。

　ブレイクは正規の学校教育は受けず、絵を描くことが好きだったこともあり、10歳の時から4年間、ヘンリ・パーズ(1734-1806)の画塾に通った。この画塾からはオジアス・ハンフリー(1742-1810)やリチャード・コズウェイ(1740-1821)といった細密画家が多く輩出されているが、この画塾の教育方針は芸術家養成よりも細かい技術指導が中心であった。

　しかしブレイクは画家にはならず、彫版師の道を進むことになった。父ジェイムズには息子を画家にさせたいという気

持もあったかもしれないが、著名な画家のもとで勉強するには莫大な謝礼金が必要で経済的な負担が大きすぎるので、結局、手に職をつけるということで、息子を版画家ウィリアム・ライランド(1732-1783)のもとに弟子入りさせようとした。

さて、父は息子をライランドの工房(スタジオ)に連れていったが、ライランドに会ってから工房を出ると、息子は父にライランドには弟子入りしたくないと言い、その理由として「お父さん、ぼくはあの男(ひと)の顔が嫌いだ。そのうち、あの男は首を絞められて死ぬよ」と言ったという。父は息子の言葉に非常に驚いたが、息子の予言通り、ライランドは12年後、紙幣偽造の罪で絞首台の露と消えることとなった。この逸話はブレイクの予知能力の立証としてよく引かれるものである。

1772年8月4日、14歳のブレイクは、当時41歳であった彫版師ジェイムズ・バザイア(1730-1802)のもとに入門し、7年間の徒弟修業を始めた。これは中世以来の徒弟制度で、弟子は親方に技術料を支払い、一定期間親方のもとに住み込むものであった。産業革命の進行とともに近代的な雇用関係が始まりつつあったが、彫版師の世界ではまだ前近代的な制度が維持されていた。しかし、ブレイクが一人前の職人になった時にはこのような徒弟制度は衰退し、彼自身は弟子をとることができなかった。

ブレイクは1779年8月、徒弟修業が終わり、その後ロイヤル・アカデミー付属美術学校の研究生となりジョージ・マイケル・モーザー(1704-1783)のもとで学んだ。美術学校の定員は25名で、授業料は無料だったが、画材は自分で揃える(そろ)ように言われた。ロイヤル・アカデミーは1768年、ジョージ3

世によって、「絵画、彫刻、建築の芸術を育成し、向上させる」ことを目的として創設されたものである。初代院長はジョシュア・レノルズ(1723-1792)で、生涯その職務を遂行した。　ブレイクが自分のデッサンを院長レノルズの許へ持っていき、批評を乞うたところ、「もっと節度をもって描き、絵を修正するように」と言われたという逸話が残っている。気位の高いブレイクにとってこの事件は決して忘れることのない侮辱となり、ブレイクは生涯、レノルズを揶揄、いや罵倒し続けた。

2　結婚から処女詩集まで(1782-1787年)

　ブレイクは24歳の時、ポリー・ウッドという名の女性に恋した。彼はポリーと結婚したいと思ったが、彼女は拒んだ。ブレイクは傷心のあまり病気となり、心配した両親はブレイクをテムズ川南岸のバターシーのウィリアム・ブッチャーという菜園経営者の家に転地療養にあずけた。この家にキャサリン(1762-1831)という娘がいた。ブレイクは彼女に、ここに来た理由を失恋のためであると話した。そして、「ぼくをかわいそうだと思うかい」とキャサリンに聞くと、「ええ、かわいそうね」と彼女は言ってくれた。そこでブレイクは、「それじゃ、ぼくは君が好きだ」と言った。ここからブレイクとキャサリンの恋愛が始まった。1年後の1782年8月18日、バターシー教会で2人は結婚式を挙げることになった。ブレイクは25歳、キャサリンは20歳であった。

　バターシー教会にはブレイク夫妻の結婚誓約書が残っているが、それを見ると、ブレイクは自分の名前を署名している

が、キャサリンの署名は×印だけである。この×印は文字の書けない者の印と言われているが、当時の女性の間では、文字が書ける書けないにかかわらず、×印が普通のことであったようだ。

　ブレイク夫婦はレスター・フィールドの南東グリーン・ストリートの仕立屋に下宿人として新居を構えた。この年、ブレイクはジョン・フラクスマン(1755-1826)からアントニー・ステファン・マーシュー牧師(1733-1824)夫妻を紹介された。ハリエット夫人はモンターギュ夫人(1720-1800)、ヴィジー夫人(1715?-1791)、カーター夫人(1717-1806)らとともに、ブルーストッキングであった。したがって、そのサロンは当時のロンドンの知識人が集まる、華やかなものであった。ブレイクがマーシュー夫人のサロンに出入りしていたのは5年間ほどであったが、この経験は『月の中の島』という作品に描かれている。

　マーシュー夫妻の援助によって、それまでに書いてあった詩を集めて1783年、処女詩集『詩的素描』が出来上がったが、販売はされなかった。この詩集に収められた二十数篇の作品は、1769年から1778年(つまり12歳から20歳まで)の間に書かれたものである。したがって、未熟で未完成、エドマンド・スペンサー(1552頃-1599)やシェイクスピア(1564-1616)などの先達の影響、いや模倣の跡も顕著であるとも言われるが、その独創性には感嘆せざるをえない。本書にはそのなかから十数篇を収めたので、味読していただきたい。

　1784年にはブロード・ストリート27番地に転居したが、ここはトマス・テイラー(ネオ・プラトニストのテイラーとは別

人)の家であった。

3 ポーランド・ストリート時代(1785-1790年)

　1785年、ポーランド・ストリートに移り、ここには1790年まで5年間住むことになる。1787年2月、最愛の弟ロバートが19歳の若さで死去する。弟が病気の間、看病していたブレイクは弟の魂が「喜びに手を叩きながら」昇天していくのを見たという。また、ブレイクはロバートの霊の「お告げ」によって彩飾印刷を思いついたとも言われている。1788年、ブレイクは最初の彩飾印刷本である『自然宗教というものはない』『すべての宗教は一つ』を出版する。

　彩飾(illuminated)という語からわかるように、これは中世の写本の伝統に倣ったものである。ブレイクの彩飾印刷本はレリーフ・エッチング、水彩画、詩が一体となった作品で、彼自身の創案になる下絵、デザインをまず彫版し、次にそれを刷り、刷り上がったものを手で彩色するという過程を経て出来上がる。

　ブレイクの彩飾印刷本は、制作において中世の彩飾写本とは根本的に異なる。中世の彩飾写本では、筆記者・写字者(scribe, calligrapher)、細部に彩色する者(historieur)、縁どりに模様をつける者(illuminator)、金箔を塗り、磨きをかける者(gilder)などと、各自の仕事が分担されているが、ブレイクはこれらの作業をすべてひとりでやり遂げた。したがって、彼の書物は一冊一冊が独自のもので、まったく同一の書物は存在しない。その印刷部数もごくわずかで、ブレイク生存中も絵画なみに高価なものであった。

ところで、スウェーデンの自然科学者・神秘家エマヌエル・スヴェーデンボリ(1688-1772)の死後10年以上経った1788年、イギリスにスヴェーデンボリ協会がロバート・ヒンドマーシュ(1759-1835)を中心に組織され、1789年4月13日に第1回の「新エルサレム教会」総会が開かれた。ブレイク夫妻はこの総会に出席し、このときの議決文の文書の予約購読者となっている。ブレイクはスヴェーデンボリの著作(英訳)を2冊購入しており、1788-1789年頃、新エルサレム教会にかなり引きつけられていたと思われる。

1789年7月、隣国フランスでフランス革命が起こった。革命当時、ブレイクはロンドンの市中を自由(リバティ)の旗印をかかげて歩き、自らを「自由の少年」と呼び、またロンドン市民が最大の敵意を抱いていたジャコバン派の象徴であった赤い帽子をかぶり、公然と自己の思想を示したりしている。

この頃、革新的な出版社ジョセフ・ジョンソン(1738-1809)を中心としたサークルで、知識人たちと交わりを持つことになった。トマス・ペイン(1737-1809)、ウィリアム・ゴドウィン(1756-1836)、そしてメアリ・ウルストンクラフト(1759-1797)らが集まり、バーミンガムからロンドンにやってきたジョセフ・プリーストリー(1733-1804)も仲間になった。したがって、ロンドンのジョンソン・サークルとプリーストリーの属するバーミンガムのルナー協会とは密接な関係があった。

ブレイクは30歳を過ぎていたが、まだ重要な作品は書いていなかった。『無垢の歌』と『**セルの書**』が1789年にやっと出来上がる。『セルの書』は4章に分かれているが、全部で百行余りの物語詩である。セラフィムの末娘セルは、人生の

空しさを感じてハルの谷間を放浪する。そこで彼女は百合(ゆり)、雲、虫、土くれと対話をしながら、自分のアイデンティティを追究していく。最後に土くれに誘われ、その家に行くと、そこに「彼女自身の墓」を見て、その「虚(うつ)ろな穴」から悲しみの声を聞き、驚いてハルの谷間に戻る。『セルの書』は、ペルセポネー(プロセルピナ)神話に基づいた「人間の魂の下降」を主題とした作品であることがわかる。

またこの頃、『フランス革命』の制作という重要な仕事をした。この作品のタイトル・ページには、1781年、定価1シリングとあるが、おそらく1789年に書かれたと思われる。出版元はジョセフ・ジョンソン書店であった。残されている『フランス革命』は第1巻の校正刷1部だけである。どうやら作品が校正刷より先に進まなかったようだ。なぜ校正刷の段階までいきながら、出版が放棄されてしまったのか。その理由は不明だが、ジョンソンが当局の弾圧を恐れたということであるらしい。

フランス革命がイギリスに波及するのを恐れたジョージ3世治下の支配体制は、反動的な政策をとり、自由思想を弾圧する。彼の周囲の人々が様々な弾圧のもとで転向あるいは逃亡するなかで、ブレイクは生涯、革命というものに共感を抱き続けた。彼が彫版師であったために、おのれの思想を公の場で発表する機会がなかったことが、逆に彼の思想を「隠す」ことになったと言えるのかもしれない。

4 ランベス時代(1790-1800年)

1790年の秋、ブレイクはテムズ川南岸のランベスのハーキ

ュリーズ・ビルディング13番地に移る。それ以後1800年にフェルパムに移るまでここに住んだ。

ランベス時代はブレイクの生涯でも最も多産で充実した時期であった。この時期に制作された作品は「ランベス諸本」と呼ばれ、またその内容から「前期預言書」とも言われている。

「前期預言書」は大きく2つに分類される。『アメリカ』(1793年)、『ヨーロッパ』(1795年)、『ロスの歌』(1795年)のような政治(=革命)を主題としたものと、『ユリゼンの書』(1795年)、『アヘーニアの書』(1795年)、『ロスの書』(1795年)のような創造と堕落の神話を扱ったものである。

また、本書に収めた**『天国と地獄の結婚』**(1790-1793年)、**『アルビヨンの娘たちの幻覚』**(1793年)が制作されたのも、この頃である。

『天国と地獄の結婚』はブレイクの思想の展開のうえで重要な位置を占める。この作品の冒頭の「序の歌」以外はすべて散文であるが、そこには格言あり、幻想(ファンシー)ありで、夢と現実が混沌としている作品である。詩と散文、説明と逸話などがメドレーに用いられ、挿絵もある。タイトルはスヴェーデンボリの『天国と地獄そしてその奇蹟』からとられている。

『アルビヨンの娘たちの幻覚』では、ウースーン、セオトーモン、ブロミオンの3人の登場人物を設定し、1人の女性ウースーンをめぐる三角関係を扱っている。ウースーンは「アメリカの優しい心」と呼ばれているが、彼女はアメリカ革命における自由と反抗精神を代表している。セオトーモンは欲望を代表するが、彼の欲望は厳しい掟・道徳律に縛られてい

る。ブロミオンは人間の魂を束縛する虚偽の正義、つまり理性を代表している。また、この作品は当時、社会問題になっていた奴隷売買に対するブレイクの怒りを表現したものと言われている。

1794年には『経験の歌』が『無垢の歌』と合本の形で**『無垢と経験の歌』**という題で出版された。タイトル・ページで「無垢」と「経験」とは「人間の魂の相反する二つの状態」と定義した。

「無垢」とは汚れ(けが)のない魂の状態である。人間は「無垢」なものとしてこの世に誕生するが、生きていく過程、つまり現実のなかで汚れていく。この過程において、人間は本来の「無垢」を喪失していくが、ブレイクは人間の「無垢」を阻害する場を「経験」と名づけた。この「経験」の場には制度としての法律・戒律・慣習などが存在し、正しき人間は「経験」と闘わなければならないのに、人間は生きていくために自分をそれらに合わせる(合わせられる)ことで、人間本来の自由な精神を閉じたものにしてしまっている。

「経験」は社会の現実のなかにあるが、人間の心のなかにも自由な表現を拒むもの、「心を縛る枷(かせ)」がある。自己の内部にある「経験」の影を正しく認識しない限り、「無垢」も意味を持たない。「無垢」は「経験」と対になってこそ、その存在意義がある。内部の「経験」を認識せずに、外部の「経験」が見えてくることはない。ブレイクは内部の「経験」を発見することでその詩的戦略を開始したのであった。

5 フェルパム時代(1800-1803年)

　ブレイクは1800年9月から1803年9月までの3年間、ロンドンから六十数マイル離れたイングランド南部サセックスのフェルパム村で過ごした。生粋のロンドンっ子であったブレイクがその生涯においてロンドンを離れて暮らしたのはこの期間だけである。フェルパムは英国南海岸の自然に恵まれた美しい村だが、ブレイクは海岸の近くに藁葺きの田舎家を年20ポンドの家賃で借りた。

　すでに43歳になっていたブレイクはなぜフェルパムに移る決心をしたか。それはかなり深刻な彼の経済状態が原因であった。1800年という年はイギリスにおいて、飢饉と物価騰貴が続いた数年間のうちでも最悪の年であった。当時、テムズ川南岸のランベスに住んでいたブレイク夫妻は貧乏のどん底にあり、友人トマス・バッツ(1757-1846)が彼に絵を注文し、買ってくれることで、辛うじて飢えをしのいでいた。彼が制作した「ランベス諸本」と呼ばれる「前期預言書」はまったく理解されず、また彼の頑固な性格のゆえに、古い友人の多くも彼のもとを去っていった。

　こんな時、友人の彫刻家フラクスマンを介して、ウィリアム・ヘイリ(1745-1820)から、フェルパムに来て自分の仕事を手伝ってくれないか、という誘いがきたのだった。

　ヘイリは「マリン・タレット」館の新築の書斎に絵を飾ろうと計画しており、ブレイクにその仕事を依頼した。また死去した友人ウィリアム・クーパー(1731-1800)の伝記を執筆中であったヘイリは、その挿絵の仕事をブレイクにやってもらうことにした。

最初、ブレイクはフェルパムの美しい環境とヘイリを中心としたサークルのなかで不満のない生活をしていたが、やがてヘイリとの友情の限界に気づいた。ブレイクはヘイリのもとで彼の芸術上の「雑役夫」といった位置に置かれ、ヘイリの命ずるままにかなり自分の意にそまぬ仕事もした。ヘイリはブレイクのパトロンであり、ヘイリがブレイクを独立した一人の芸術家として見なかったのは当然である。ヘイリはブレイクの想像力の産物を正しく捉えることができなかったし、そんなつもりも初めからなかったので、二人の間に悲喜劇が起こったのである。ブレイクは次第にヘイリを疎ましく思うようになっていく。

　ここに思いもかけない事件が起こった。1803年8月12日の朝、スコウフィールドなる兵士が酔ってブレイクの家の庭でうろついているのをブレイクに見とがめられ口論となる。スコウフィールドは「細密画家ブレイクが田舎家に住んでいる」ことを調査していたようだ。ブレイクは彼に庭から出て行けと要求したが、彼は聞き入れず、ブレイクに暴言を浴びせたので、二人の間で喧嘩となった。ブレイクは男の両腕を摑んで門外に突き出した。事件の実状はこの程度のことであった。

　ところが、8月15日、スコウフィールドはチチェスターの裁判所にブレイクが国王に対して不敬な言辞を吐き、軍人を侮辱し、自分はナポレオンのために戦うなどと言った、という理由でブレイクを告訴した。ブレイクは「暴行および治安妨害的言辞」の容疑で法廷に引きずり出されることになってしまった。

とにかく時代が悪かった。当時は大陸ではナポレオン戦争が勃発し、イギリスにもナポレオン軍が侵略してくる気配があった。ブレイクが革命支持派の人間であったため、官憲が彼を陥れるために打った芝居である可能性もあり、実際、ブレイクもそのように考えたことがあったようである。ブレイクは告訴されたが、予定通り9月、フェルパムを後にする。この事件によってヘイリと和解できたのは皮肉な結果であった。ヘイリはブレイクの弁護を買って出、さらには友人のサミュエル・ローズ(1769-1804)に法廷弁護士になってくれるよう依頼してくれた。

　裁判は翌年の1月、チチェスターで開かれた。この裁判の結果、ブレイクは無罪となるが、これは実に幸運であったと言える。当時のイギリスには1792年5月21日に出された煽動文書取締勅令があったし、1795年の反逆行為の取締法令(最高刑は死刑)は生きていた。もし被告人ブレイクが悪名高い急進主義者、あのロンドンのブレイクと同一人物であり、ゴドウィンやペインの友人であることが判明していたら、裁判の結果はブレイクに厳しいものになっていたと思われる。フェルパム村の人々は兵士によい感情を持っていなかったし、スコウフィールドなる人物もいかがわしい者だったので、ブレイクに対して好意的な証言をしてくれた。また、当時のイギリスの状況から見て、裁判が行なわれたのがイングランド北部ではなく、南部のチチェスターであったのも幸いであった。

　だが、スコウフィールドとその仲間が述べていることが、すべてまったくのでたらめだったとも考えられない。ブレイ

クが言ったとして告訴された「国王はくたばれ」「国王の臣下はくたばれ」「兵士はすべて奴隷だ」という言辞は、ブレイクの思想から考えて、彼が言ったとしても少しもおかしくはないと思われる。ブレイクは無罪となったが、この事件は自分が迫害されているという彼の強迫観念を強めることになった。

6 サウス・モウルトン・ストリート時代(1803-1821年)

フェルパムからロンドンに戻ったブレイクは、サウス・モウルトン・ストリート17番地に住む。ヘイリの『ジョージ・ロムニー伝』の資料集めの仕事は1805年の終わり頃まで続いた。この間、1804年チチェスターでの裁判が無罪となり、『ミルトン』『エルサレム』の彫版が開始されたと思われるが、ブレイク夫妻は半ギニーで1週間を過ごさなければならないほどの貧困の極に追い込まれていた。

『ピカリング稿本』に収められている作品が執筆されたのはこの頃である。これは1801年から1805年にかけて執筆され、1807年までにノートブックに清書されて残されたもので彫版はされなかった。『ピカリング稿本』というのは、このノートブックの所有者の名前にちなんで言われる。『ピカリング稿本』には『無垢と経験の歌』所載の抒情詩などに比べると、少し長めの詩が収められている。

ここで、ブレイクの「後期預言書」について述べておく。「後期預言書」は『ヴェイラあるいは四ゾア』から始まるが、この作品は最終的には彫版されなかった未完の作品である。彼の壮大なエクリチュールの旅は『ミルトン』『エルサレム』

と引き継がれていくが、これらの作品の登場人物のなかで、とりわけ重要なのはロス(Los)である。

ロスは太陽ソル(Sol)のアナグラムであるが、ロスはゴルゴヌーザ(Golgonooza)と呼ばれる都市を建設する。ゴルゴヌーザは芸術の都、想像力の世界で、そこは人間を差別し制限する現実の都市ロンドンの上に超然としてそそり立つ理想都市として存在する。また、ゴルゴヌーザはイエスが十字架に架けられた丘、ゴルゴタ(Golgotha)からつくられた名称でもあるから、そこは人類が究極の目標とするエルサレムに至る過程の都市ということになる。つまり、ゴルゴヌーザはその段階における理想都市であり、その段階に応じてそれぞれのゴルゴヌーザがあることになり、究極的に到達すべき都市ゴルゴヌーザは、つねに彼方にあるのだ。それは永久革命にも似ている。

さて、この頃、ブレイクの名声と金銭上でも望ましい出来事がとつぜん降ってわいたようにやってきた。ロバート・ハートリー・クロメック(1770-1812)なる人物が1805年9月の終わりごろに、ロバート・ブレア(1699-1746)の『墓』への挿絵の仕事を頼みに、彼のところにやって来た。経済的に困っていたという理由だけでなく、ブレイクはこの仕事を自分の才能を世に知らせる絶好の機会と考え、喜んで引き受けた。

ブレイクは20枚の下絵を制作した。最初の約束では彫版も彼がやるはずであったが、クロメックは彫版の仕事はブレイクより有名な彫版師にやらせたほうが売れるとみて、約束を破ってルイジ・スキャボネティ(1765-1810)に依頼した。自分の彫版が発表できると思っていたブレイクは趣意書を見て

驚く。そこには「ロバート・ブレア作『墓』の優雅な新刊本。ブレイクの下絵によるルイジ・スキャボネティの挿絵12枚付き」と書かれてあった。

『墓』の出版が近づいた頃、ブレイクは自分の作をシャーロット王妃(1744-1818)に捧げようと1枚の絵と題詩をクロメックに送り、巻頭に付けてほしいと頼んだ。絵は魂が肉体から離れ、小枝が悲しく垂れ下がった扉に近づく有様を描いたゴシック的なものであった。

ブレイクは注文されてもいないのに描いたこの絵に対して4ギニーの報酬をクロメックに要求した。当然のことながら、クロメックはこの絵を送り返してきた。貧乏で困っている彫版師に仕事を世話してやったと考えているクロメックからすれば、ブレイクの突然の申し出は驚きであっただけでなく、腹立たしいものであったことは想像できる。さらに自分のほうから値段まで指定してくるに及んでは、クロメックとしては出版者である自分の立場を無視された気持であっただろう。

ブレイクがクロメックとの商売上の問題をうまく処理できなかったことは、残されている当時の手紙から明らかである。自分の作品がミケランジェロ(1475-1564)やラファエロ(1483-1520)の作品と同格であるというブレイクの広言は、彼には日常のことでも、その高慢さは友人たちを当惑させ、世間の人々に彼の「狂気」を印象づけることになった。

ブレイクはこの後、怒りっぽい性格も災いして、彫版の仕事から締め出されてしまった。絶望的な気持になった彼は、それまで進んで彼に助力の手を差しのべてくれた友人たちとも喧嘩をしてしまったようである。そんなことで、彼の交際

は相変らず彼の水彩画を購入し、さらには自分の息子トミーの彫版のチューターとして彼を雇ってくれたトマス・バッツ (1757-1846) との友情に限られてしまう。

自分の才能が世に認められないだけでなく、自分の芸術の構想までを他人に盗み取られてしまったと思い込んだ孤独な芸術家ブレイクは、おのれの才能を世に知らせようと、独力で個展を催すことを決意する。

個展という発表形態が美術史に登場するのは、18世紀も後半になってからであるが、イギリスにおいては、ベンジャミン・ウェスト (1738-1820) が1770年に自分のアトリエで自作を公開したのが最初と言われる。さらにヘンリ・フューゼリ (1741-1825) が1799年、「ミルトン画廊展」として、ミルトンの詩を題材とした一連の絵を公開展示した。19世紀になると個展はかなり一般的なものになってくるが、1809年の時点では、まだ珍しいものであった。

経済的な余裕のないブレイクは兄ジェイムズに頼み込み、自分の生家でもある兄の店（ブロード・ストリート28番地）の2階を会場として、1809年5月に個展は開かれた。ここに出品された作品は『カンタベリ巡礼者』を含め9枚のフラスコ画と7枚の水彩素描(スケッチ)であった。入場料は目録込みで半クラウン（＝2.5シリング）であった。

個展を見に来た者のなかにはヘンリ・クラブ・ロビンソン (1775-1867) やチャールズ・ラム (1775-1834) などがいるが、ブレイクの意気込みにもかかわらず、個展は「部屋に入った時、私ひとりしかいなかった」（ロビンソンの日記）というような惨憺(たん)たる有様であった。絵は1枚も売れなかったし、ただ一つ

の批評記事であった『エグザミナー』のロバート・ハントの批評はブレイクに対する悪口雑言に満ちたものであった。ブレイクはますます孤立していった。

　1817年、ブレイクは60歳になったが、彼の貧困状態は以前にもましてひどかった。彫版師としての旧式な技法は時代の流行から取り残されてしまっていたし、彼が力を注いだ著作によってはほとんど収入は得られなかった。1810年から1818年頃、ブレイクがどうやって生計を立てていたかについては、ほとんど知られていない。

　1818年、26歳の青年画家ジョン・リネル(1792-1882)が、ジョージ・カンバランド(1754-1840年代)の息子の紹介で、サウス・モウルトン・ストリートに住むブレイクのところにやって来た。親子ほど年齢の開きのあるこの2人の芸術家はすぐに親しくなり、一緒に大英博物館を訪れたり、ドルリ・レイン劇場にリチャード・ブリンズリー・シェリダン(1751-1816)の劇『ピサロ』を観に出かけたり、ハムステッドを散策したりしている。

　リネルは風景画家ジョン・ヴァリー(1778-1842)の弟子であった。ヴァリーは手相見や占星術をも得意とする男として知られていた。1819年から1820年の間に、ブレイクはヴァリーにそそのかされて『幻覚の肖像』として知られる約50枚の絵を描いているが、なかでも「蚤の肖像」が有名である。また、1820年ブレイクはソーントン博士(1768?-1837)によるウェルギリウス(前70-前19)『牧歌』の英訳本(第3版)に挿絵を描いた。これはブレイクには珍しい木版画で、サミュエル・パーマー(1805-1881)やエドワード・カルバート(1799-1883)に強

い印象を与えたことはよく知られている。

7 ファウンテン・コート時代(1821-1827年)

1821年、ブレイク夫妻は17年間にわたって住んだサウス・モウルトン・ストリートからストランド街のファウンテン・コート3番地に移る。夫妻は2階の2部屋を借り、ブレイクは死ぬまでここに住むことになる。

ブレイクの生活は金銭的には相変らず恵まれなかったが、1824、25年頃からリネルを介してブレイクのもとに若い芸術家たち、パーマー、ジョージ・リッチモンド(1809-1896)、カルバート、フランシス・オリヴァー・フィンチ(1802-1862)らが集まってきた。子どものなかったブレイク夫妻は、若い芸術家たちに囲まれて精神的には豊かな晩年を送ることができた。

若い芸術家たちは、古代人のほうが現代人よりも優れているという信念のもとに、自分たちを「古代人たち」(The Ancients)と称した。ブレイクの家は若者たちから「解釈者の家」と呼ばれた。この名は当時ブレイクが挿絵を描いていたジョン・バニヤン(1628-1688)の『天路歴程』からとられたものである。

ブレイク晩年の『ヨブ記』やダンテ(1265-1321)の『神曲』への挿絵の仕事も、困窮にあえいでいる仕事のない彫版師ブレイクにリネルが収入を得る道をつくってやろうと考えて始められたものであった。「『ヨブ記』への挿絵」は『ヨブ記』の物語を21の場面にまとめて挿絵をつけたもので、図の飾り枠(ボーダーズ)に聖書からの言葉を引用するというスタイルをとっている。

この作品は彫版師ブレイクの辿り着いた最高傑作として評価が高い。

「『ヨブ記』への挿絵」の完成後、ダンテの『神曲』への挿絵の仕事に着手するが、『神曲』への挿絵は下絵102枚を残し、結局未完成のまま、1827年8月12日、ブレイクは亡くなる。ブレイクの臨終場面は、当時18歳であったジョージ・リッチモンドがパーマーに宛てた手紙に、「ブレイクは栄光に包まれ、日曜日の午後6時に亡くなった。彼がイエス・キリストを通して救済を求めながら、自分が生涯見たいと思い、そこでは自分が幸せであると述べていた国へと旅立つのだと彼は言った。死ぬ直前の彼の顔は美しかった。彼の眼は輝き、彼は天国で自分が見たものを急に歌い始めた」と書かれている。

金のない生活をしていたブレイクが亡くなり、妻のキャサリンは薬代、手伝いの女性に支払う金、葬儀費用などの出費に困った。ここでまた、ブレイク晩年のパトロンであったリネルが登場し、5ポンドを用立ててくれた。リネルによる葬儀用記録が残っているが、全部で10ポンド18シリング1ペニーかかっている。

5日後、ブレイクの遺言によりディセンターズの墓地であるバンヒル・フィールズに、彼は埋葬された。ここを選んだのは、ブレイクの両親もここに埋められているからであった。

*

ブレイクの生家のあったブロード・ストリート28番地は、現在のブロードウィック74番地に相当する。ここはマーシ

ャル・ストリートと交差する角地で、今はこの辺りにブレイク・ハウスと名づけられた高層ビルが建っていて、ブレイクの生地を記念するプラークがある。

ランベスのハーキュリーズ・ビルディング13番地と、サウス・モウルトン・ストリート17番地にはブルー・プラークの名が付されている。

バンヒル・フィールズ墓地には、ブレイクが埋められたとおぼしき地点に彼の名が記されている。ウェストミンスター寺院のPoets' Cornerには1957年にブレイク生誕200年を記念してサー・ジェイコブ・エプスタイン(1880-1959)が制作したブレイクの頭像がある。またセントポール寺院のクリプトにも彼の記念碑がある。

新しいブリティッシュ・ライブラリーの前庭には、テイト・ギャラリーにあるブレイクの「ニュートン」のイメジに基づいたエドゥアルド・パオロッツィ制作の12フィートの巨大な「ニュートン像」が置かれている。

あ と が き

　ブレイクが日本で最初に紹介されたのは、明治27(1894)年に博文館より刊行された3巻より成る大和田建樹の輯訳による訳詩集『欧米名家詩集』であった。『無垢の歌』のなかの "The Ecchoing Green" が「反響の野」という題で訳されている。続く明治30年代の日本の詩壇は象徴主義が主流であったが、蒲原有明の「向日葵」("Ah! Sun-flower")、「蠅」("The Fly")などの訳が知られている。

　さて、ブレイクの移入・受容は白樺派において頂点に達する。大正3(1914)年の『白樺』4月号にはブレイクの挿絵19枚と、柳宗悦の「ヰリアム・ブレーク」、それとバーナード・リーチの英文によるブレイク論が掲載される。柳は続けて同年の『白樺』5月号に「肯定の二詩人」という題でブレイクとホイットマンをとりあげて論じた。柳には『ヰリアム・ブレーク』(大正3年、洛陽堂)、『ブレークの言葉』(大正10年、叢文閣)という貴重な労作がある。さらに柳は寿岳文章と二人で『ブレイクとホヰットマン』というタイトルの雑誌を昭和6(1931)年1月から昭和7年12月まで月刊で全24冊刊行するという偉業を成し遂げた。

　柳、寿岳の功績はよく知られているが、山宮允を忘れることもできない。山宮には『ブレイク論稿』(昭和4年、三省堂)があるが、氏の註釈書『Select Poems of William Blake』(大正14年、研究社)は、今日まで日本で手に入る唯一の、日本人に

よるブレイクのテキストである。

さて、ブレイクの詩の翻訳だが、大正、昭和初期のものとしては、渡辺正知訳『ブレイク詩集』(大正12年、聚英閣)、尾関岩二訳『ブレーク詩集』(大正15年、文英堂書店)、幡谷正雄訳『ブレイク詩集』(昭和2年、新潮社)などがある。

岩波文庫の発刊は昭和2年だが、寿岳文章訳『ブレイク抒情詩抄』が昭和6年6月5日に刊行されている。定価は20銭であった。「中年期以前の抒情的な詩五十六篇を採り、これに附録として「天国と地獄との結婚」及び「ラオコオン群像註記」の二篇を合せ」たものである。仏門の出である寿岳氏は「仏教的色彩の濃厚な言葉」を用いて、Songs of Innocence を『無染の歌』、Songs of Experience を『無明の歌』と訳している。この寿岳訳岩波文庫版は、昭和15年には改訳版が刊行されている。改訳版の旧版との相違は『天国と地獄の結婚』と『ラオコオン群像註記』を省き、『セルの書』を入れたことである。また、『無染の歌』と『無明の歌』を全部採録し、『小品詩集抄』と『稿本詩抄』からの採録を増やしている。

他に戦前のものとしては、新潮文庫の一冊として、入江直祐訳『ブレイク詩集』(昭和18年)がある。また、戦後すぐに、土居光知訳『ブレイク詩選』(昭和21年、新月社)、寿岳文章訳『エルサレムへの道──ブレイク詩文選』(昭和22年、西村書店)という優れた翻訳が出版される。

日本のブレイク研究も進み、昭和64年には、梅津濟美氏の永年の労作である『ブレイク全著作』全2巻(名古屋大学出版会)が出版された。

日本におけるこのように長いブレイク受容の歴史のなかで、寿岳訳が一時代を成したように、この『対訳 ブレイク詩集』が若いひとたちへのブレイク入門となれば、編者としては望外の喜びである。

　最後に東京大学名誉教授、髙松雄一氏のご厚意に、また岩波書店の市こうた氏の数々のご尽力にも心から感謝の意を表する次第である。校正に協力してくれた妻芳子の労にも感謝したい。

　　2004年5月　　　　　　　　　　　松　島　正　一

対訳 ブレイク詩集──イギリス詩人選(4)

2004年6月16日　第 1 刷発行
2025年6月 5 日　第19刷発行

編　者　松島正一

発行者　坂本政謙

発行所　株式会社 岩波書店
〒101-8002 東京都千代田区一ツ橋 2-5-5

案内 03-5210-4000　営業部 03-5210-4111
文庫編集部 03-5210-4051
https://www.iwanami.co.jp/

印刷・精興社　製本・中永製本

ISBN978-4-00-322172-3　Printed in Japan

読書子に寄す
——岩波文庫発刊に際して——

真理は万人によって求められることを自ら欲し、芸術は万人によって愛されることを自ら望む。かつては民を愚昧ならしめるために学芸が最も狭き堂宇に閉鎖されたことがあった。今や知識と美とを特権階級の独占より奪い返すことはつねに進取的なる民衆の切実なる要求である。岩波文庫はこの要求に応じそれに励まされて生まれた。それは生命ある不朽の書を少数者の書斎と研究室とより解放して街頭にくまなく立たしめ民衆に伍せしめるであろう。近時大量生産予約出版の流行を見る。その広告宣伝の狂態はしばらくおくも、後代にのこすと誇称する全集がその編集に万全の用意をなしたるか、千古の典籍の翻訳企図に敬虔の態度を欠かざりしか。さらに分売を許さず読者を繋縛して数十冊を強うるがごとき、はたしてその揚言する学芸解放のゆえんなりや。吾人は天下の名士の声に和してこれを推挙するに躊躇するものである。この事業にあたり、岩波書店は自己の責務のいよいよ重大なるを思い、従来の方針の徹底を期するため、すでに十数年以前より志して来た計画を慎重審議この際断然実行することにした。吾人は範をかのレクラム文庫にとり、古今東西にわたって文芸・哲学・社会科学・自然科学等種類のいかんを問わず、いやしくも万人の必読すべき真に古典的価値ある書をきわめて簡易なる形式において逐次刊行し、あらゆる人間に須要なる生活向上の資料、生活批判の原理を提供せんと欲する。この文庫は予約出版の方法を排したるがゆえに、読者は自己の欲する時に自己の欲する書物を各個に自由に選択することができる。携帯に便にして価格の低きを最主とするがゆえに、外観を顧みざるも内容に至っては厳選最も力を尽くし、従来の岩波出版物の特色をますます発揮せしめようとする。この計画たるや世間の一時的投機的なるものと異なり、永遠の事業として吾人は徴力を傾倒し、あらゆる犠牲を忍んで今後永久に継続発展せしめ、もって文庫の使命を遺憾なく果たさしめることを期する。芸術を愛し知識を求むる士の自ら進んでこの挙に参加し、希望と忠言とを寄せられることは吾人の熱望するところである。その性質上経済的には最も困難多きこの事業にあえて当たらんとする吾人の志を諒として、その達成のため世の読書子とのうるわしき共同を期待する。

昭和二年七月

岩波茂雄

ドリアン・グレイの肖像	オスカー・ワイルド	富士川義之訳
サロメ	ワイルド	福田恆存訳
嘘から出た誠	ワイルド	岸本一郎訳
童話集 幸福な王子 他八篇	オスカー・ワイルド	富士川義之訳
分らぬもんですよ	バーナード・ショウ	市川又彦訳
ヘンリ・ライクロフトの私記	ギッシング	平井正穂訳
南イタリア周遊記	ギッシング	小池滋訳
闇の奥	コンラッド	中野好夫訳
密偵	コンラッド	土岐恒二訳
対訳 イェイツ詩集		高松雄一編
月と六ペンス	モーム	行方昭夫訳
読書案内―世界文学	W・S・モーム	西川正身訳
人間の絆 全三冊	モーム	行方昭夫訳
サミング・アップ	モーム	行方昭夫訳
モーム短篇選 全二冊	モーム	行方昭夫編訳
アシェンデン―英国情報部員のファイル	モーム	岡田久雄/中島賢二訳
お菓子とビール	モーム	行方昭夫訳
ダブリンの市民	ジョイス	結城英雄訳
荒地	T・S・エリオット	岩崎宗治訳
オーウェル評論集	オーウェル	小野寺健編訳
フランク・オコナー短篇集		阿部公彦訳
たいした問題じゃないが―イギリス・コラム傑作選		行方昭夫編訳
パリ・ロンドン放浪記	ジョージ・オーウェル	小野寺健訳
カタロニア讃歌	ジョージ・オーウェル	都築忠七訳
動物農場―おとぎばなし	ジョージ・オーウェル	川端康雄訳
対訳 キーツ詩集―イギリス詩人選10		宮崎雄行編
キーツ詩集		中村健二訳
オルノーコ 美しい浮気女	アフラ・ベイン	土井治訳
解放された世界	H・G・ウェルズ	浜野輝訳
大転落	イヴリン・ウォー	富山太佳夫訳
回想のブライズヘッド 全二冊	イーヴリン・ウォー	小野寺健訳
愛されたもの	イーヴリン・ウォー	出中健二/中村健二訳
対訳 ジョン・ダン詩集―イギリス詩人選(2)		湯浅信之編
フォースター評論集		小野寺健編訳
白衣の女 全三冊	ウィルキー・コリンズ	中島賢二訳
アイルランド短篇選		橋本槇矩編訳
灯台へ	ヴァージニア・ウルフ	御輿哲也訳
狐になった奥様	ガーネット	安藤貞雄訳
真昼の暗黒	ケストラー	中島賢二訳
文学とは何か―現代批評理論への招待 全二冊	テリー・イーグルトン	大橋洋一訳
D・G・ロセッティ作品集		松村伸一編訳
真夜中の子供たち	サルマン・ラシュディ	寺門泰彦訳
英国古典推理小説集		佐々木徹編訳

2024.2 現在在庫 C-2

《イギリス文学》(赤)

書名	著者	訳者
ユートピア	トマス・モア	平井正穂訳
完訳 カンタベリー物語 全三冊	チョーサー	桝井迪夫訳
ヴェニスの商人	シェイクスピア	中野好夫訳
ハムレット	シェイクスピア	野島秀勝訳
十二夜	シェイクスピア	小津次郎訳
オセロウ	シェイクスピア	菅 泰男訳
リア王	シェイクスピア	野島秀勝訳
マクベス	シェイクスピア	木下順二訳
ソネット集	シェイクスピア	高松雄一訳
ロミオとジューリエット	シェイクスピア	平井正穂訳
リチャード三世	シェイクスピア	木下順二訳
対訳 シェイクスピア詩集 —イギリス詩人選(1)		柴田稔彦編
から騒ぎ	シェイクスピア	喜志哲雄訳
冬物語	シェイクスピア	桒山智成訳
言論・出版の自由 —アレオパジティカ 他一篇	ミルトン	原田純訳
失楽園 全二冊	ミルトン	平井正穂訳
ロビンソン・クルーソー 全二冊	デフォー	平井正穂訳
奴婢訓 他一篇	スウィフト	深町弘三訳
ガリヴァー旅行記	スウィフト	平井正穂訳
トリストラム・シャンディ 全三冊	ロレンス・スターン	朱牟田夏雄訳
ウェイクフィールドの牧師 —なにはなし—	ゴールドスミス	小野寺健訳
対訳 ブレイク詩集 —イギリス詩人選(4)		松島正一編
幸福の探求 —プリニアの王子ラセラスの物語		朱牟田夏雄訳
湖の麗人	スコット	入江直祐訳
キプリング短篇集		橋本槇矩編訳
対訳 ワーズワス詩集 —イギリス詩人選(3)		山内久明編
対訳 コウルリッジ詩集 —イギリス詩人選(7)		上島建吉編
高慢と偏見 全三冊	ジェーン・オースティン	富田 彬訳
ジェイン・オースティンの手紙		新井潤美編訳
マンスフィールド・パーク 全三冊	ジェイン・オースティン	宮丸裕二訳
シェイクスピア物語 全二冊	チャールズ・ラム メアリー・ラム	安藤貞雄訳
エリア随筆抄	チャールズ・ラム	南條竹則編訳
デイヴィッド・コパフィールド 全五冊	ディケンズ	石塚裕子訳
炉辺のこほろぎ 短篇小説集	ディケンズ	本多顕彰訳
ボズのスケッチ 全二冊	ディケンズ	藤岡啓介訳
アメリカ紀行 全二冊	ディケンズ	伊藤弘之・下笠徳次 隈元貞広訳
イタリアのおもかげ	ディケンズ	伊藤弘之・下笠徳次訳
大いなる遺産 全二冊	ディケンズ	石塚裕子訳
荒 涼 館 全四冊	ディケンズ	佐々木徹訳
鎖を解かれたプロメテウス	シェリー	石川重俊訳
アイルランド 歴史と風土	オフェイロン	橋本槇矩訳
ジェイン・エア 全三冊	シャーロット・ブロンテ	河島弘美訳
嵐が丘 全二冊	エミリー・ブロンテ	河島弘美訳
サイラス・マーナー	ジョージ・エリオット	土井治訳
アルプス登攀記 全二冊	ウィンパー	浦松佐美太郎訳
アンデス登攀記	ウィンパー	大貫良夫訳
ジキル博士とハイド氏	スティーヴンスン	海保眞夫訳
南海千一夜物語	スティーヴンスン	中村徳三郎訳
若い人々のために 他十一篇	スティーヴンスン	岩田良吉訳
怪談 —不思議なことの物語と研究	ラフカディオ・ハーン	平井呈一訳

2024.2 現在在庫 C-1

―― 岩波文庫の最新刊 ――

平和の条件
E・H・カー著／中村研一訳

第二次世界大戦下に出版された戦後構想。破局をもたらした根本原因をさぐり、政治・経済・国際関係の変革を、実現可能なユートピアとして示す。〔白二三一-二〕 定価一七一六円

英米怪異・幻想譚
芥川龍之介選
澤西祐典・柴田元幸編訳

芥川が選んだ「新らしい英米の文芸」は、当時の〈世界文学〉最前線であった。芥川自身の作品にもつながる〈怪異・幻想〉の世界が、十二名の豪華訳者陣により蘇る。〔赤N二〇八-一〕 定価一五七三円

俳諧大要
正岡子規著

正岡子規（一八六七-一九〇二）による最良の俳句入門書。初学者へ向けて要諦を簡潔に説く本書には、俳句革新を志す子規の気概があふれている。〔緑一三-七〕 定価五七二円

賢者ナータン
レッシング作／笠原賢介訳

十字軍時代のエルサレムを舞台に、ユダヤ人商人ナータンが宗教的対立を超えた和合の道を示す。寛容とは何かを問うたレッシングの代表作。〔赤四〇四-二〕 定価一〇〇一円

……今月の重版再開……

近世物之本江戸作者部類
曲亭馬琴著／徳田武校注
〔黄二二五-七〕 定価一二七六円

トオマス・マン短篇集
実吉捷郎訳
〔赤四三三-四〕 定価一一五五円

定価は消費税10％込です　　2025.4

岩波文庫の最新刊

夜間飛行・人間の大地　サン=テグジュペリ作／野崎歓訳

「愛するとは、ともに同じ方向を見つめること」——長距離飛行の先駆者=作家が、天空と地上での生の意味を問う代表作二作。原文の硬質な輝きを伝える新訳。(赤N五一六-一) 定価一三二一円

百人一首　久保田淳校注

藤原定家撰とされてきた王朝和歌の詞華集。代表的な古典文学として愛誦されてきた。近世までの諸注釈に目配りをして、歌の味わいを楽しむ。(黄一二七-四) 定価一一七一六円

自殺について 他四篇　ショーペンハウアー著／藤野寛訳

名著『余録と補遺』から、生と死をめぐる五篇を収録。人生とは欲望が満たされぬ苦しみの連続であるが、自殺は偽りの解決策として斥ける。新訳。(青六三二-一) 定価七七〇円

過去と思索（七）　ゲルツェン著／金子幸彦・長縄光男訳

一八六三年のポーランド蜂起を支持したゲルツェンは、ロシアの世論から孤立し、新聞《コロコル》も終刊、時代の変化を痛感する。(全七冊完結)(青N六一〇-八) 定価一七一六円

……今月の重版再開……

鳥の物語　中勘助作

中勘助作　提婆達多　〔緑五一-五〕 定価八五八円

〔緑五一-二〕 定価一〇二三円

定価は消費税10％込です　2025.5